JN122546

社畜教師を召喚したら無自覚スパダリだった件

真宮藍璃

illustration:
みずかねりょう

prism bunko

CONTENTS

社畜教師を召喚したら無自覚スパダリだった件

『……あら。あそこの彼、もしかして「花婿」かしら？』

『どこ？』

『ほら、そこを流れていく、黒っぽい服の』

耳に届いたのは、落ち着いた女性の声と、柔らかな男性の声。

聞いたことのない言語なのに、どうしてか意味はわかる。

でも、流れていくというのはよくわからない。

自分がどういう状況にいるのか気になったので、平井和真《ひらいかずま》は瞼を開き、声がしたほうに目をやった。

梅雨時の夕焼けのような美しい薄紅色の空と、その色に染まった大きな川。

少し暗いせいか顔はよく見えないが、岸辺には舞台衣装か何かのような豪奢な衣服をまとった、髪の長い女性と長身の男性がいる。くつろいだ様子で、川沿いに歩きながらこちらを眺めているのだ。

見られている和真のほうは、なぜか体の感覚があいまいで、まるで自分自身が水になって、ゆっくりと流れていくような感じだ。寒いとか暑いとかもなく、心はとても平穏で、いつになくリラックスした気分だった。

浮世の悩みから解放されて、魂が自由になったみたいな……。

(それって、まるで死んだみたいじゃないか？)

怖い想像にひやりとして、否定しようと焦ったが、そもそも川というのが気にかかる。日頃の激務で過労死寸前だったし、自分は本当に死んでいて、ここは三途《さんず》の川か何かなのではないか。

しかし、三途の川は普通は渡るもので、こんなふうに流れていくものじゃない気もする。ほかに誰も見当たらないのも妙ではないか。

ゆったりと流れていきながらそんなことを考えていると、先ほどの男性がぽつりと言った。

『……そうだね、たぶん「花婿」なんじゃないかと思うけど……、どうなんだろう。僕としては、あんまり喜びたい気分じゃないな。いっそここに引き上げて「彼」の遊び相手にでもなってもらったほうが、いいんじゃないかなって思う』

『まあ、それはまたずいぶんと辛らつね？　父親って厳しいわぁ！』

『いや、だってあまりにも地味っていうか！　こう言ってはあれだけど、ひどく疲れきった風貌だし、服装からしてもなんだかさえない男じゃないか？』

(……さすがにそれはちょっと、ひどいな)

何しろ体の感覚がはっきりしないので、向こうからどう見えているのかはわからないが、初対面の相手にそんなふうに言われるとさすがに哀しいものがある。

「花婿」と言うからには誰かの——たとえばこの人たちの娘の結婚相手として、品定めでもされているのだろうか。

『私には、この人は強い運命を持った人に見えるわ。向こうに行ったら、みんなを幸せにしてくれる人じゃないかしら？』

女性がフォローするように言って、川に身を乗り出して続ける。

『ねえあなた！　もしもそういう運命だったら、「王家の庭」で愛する人の名を呼んでね。力いっぱい、全力でよ！』

（なんの話なんだ、いったいいっ？）

聞き返したかったが、二人が立ち止まったので、和真はわけがわからないまま二人の前から流れ去っていった。

するとやがて水の流れが速くなり、何か大きな力で前へ前へと押し出されて——。

「……っ……」

いきなり明るくてまぶしい場所に放り出され、慌てて目をきつくつぶった途端、和真はなじみのある体の重みを感じた。

いつもの起き抜けの感覚。

どうやら夢を見ていたらしい。ずいぶんと長く寝ていたような気がするが、今は何時なのだろう。うっかり朝まで寝てしまったのだとしたら、急いで風呂に入って仕事に行かなければならないが……。

「……ああ、まったく！　あたしも焼きが回ったもんだよ」

「おばあ様……」

「やっぱりこの年だし、もうろくしたのかねえ？　おまえもそう思うだろう、シリル？」

聞き慣れない、やや高齢と思しき女性の声。

先ほどと同じく知らない言語なのに、和真には女性が言っていることがなんとなくわかる。

その声は疲れ果て、悲嘆に暮れている様子だ。もう一人、別の若い男性の声が、なだめるように言う。

「もうろくしてなどいませんよ、おばあ様。上手くいったではありませんか！」

「あたしにはそうは思えないね。数少ない『しょうかん』の機会に、こんな見たこともない時代の風変わりな格好をした、さえない男を呼び寄せてしまうなんて……！」

（……またさえないって言われた……）

これはまだ、夢の続きなのかもしれない。

でも二度もさえないなどと言われると、本気で哀しいものがある。

それに、「しょうかん」とはなんだろう。ファンタジーとかに出てくるあの召喚のことか。最近はゲームなどする時間もなかったのに、なぜこんな夢を見ているのか、本当にわけがわからない。

だが、このところ激務続きでくたくただったのは確かだ。理髪店に行く暇もなく、そこそこ頑固な癖のある髪は伸び放題で目元にまでかかっているし、おそらくは無精ひげも伸びていることだろう。

出勤するときには最低限の身なりは整えていたが、今の自分はかなりよれよれな状態なのかもしれない。

和真は東京近郊にある、とある私立中学校の社会科教員だ。

医師にと望んでいた親の反対を押し切り、なりたくてなった教師の職ではあるのだが、近頃は理想と現実の溝はなかなかに深いと日々痛感している。

上長からのパワハラ、押しつけられるサービス残業、さらには土日も休みなく行われる部活動の指導や引率。

体力には自信があったのに、蓄積される疲労でへとへとになり、いつの間にかアパートと学校とを往復するだけの社畜教員と化していた。そんなところに受け持ちの生徒の行方不明事件があり、二日間徹夜で捜し回ってどうにか見つけ、保護者に引き渡して帰宅したのだった。

と、そこまでは覚えているのだが、あのあとどうしたのだったか。

疲れと安堵から部屋の床に倒れ込んで、そこで記憶がなくなっているのだが。

（……？　あれは、フレスコ画か何かか……？）

まぶしさに慣れてきたので薄く目を開けてみると、まるでルネサンス期の宗教画のような壮麗な絵画が目に入ってきた。

横たわっている状態で見上げているのだから、建物の天井だろう。絵巻のような絵画で覆われているのだが、どれも西洋絵画などではあまり見たことのない、ちょっと変わったモチーフの絵ばかりに見える。

珍しく思い、まじまじと見ていると、横合いから見知らぬ顔がぬっと視界に入ってきた。

「っ……？」

ふわりとした明るい金髪に、青く澄んだ大きな瞳。

透き通るような肌と、淡いさくらんぼ色をした柔らかそうな口唇。

和真の傍らに、青い絹のような艶やかな装束をまとった美しい人物が膝をついて屈み、こちらの様子をうかがっている。

その華奢な体つきから、一瞬女性かと思ったのだが、どうやら男性のようだ。年齢は二十そこそこといったところだが、まるで絵画から抜け出してきた天使のような容貌に、目が釘付けになってしまう。

二十八歳になる今まで、男性を綺麗だと感じた経験はそれほどなかった。

だが目の前の青年は、この世のものとも思えぬほどに美しく輝いて見える。

声もなくただ見とれていると、青年がこちらをじっと見つめたまま言った。

「お目覚めですか。ここは『エルヴェ国』の王宮にある召喚の間です。私は『神官』のシリル・アレオン。私の言葉が、わかりますか？」

「……え、ええ、わかります。シリル、さんですか？」

「シリルでけっこうですよ。あなたのお名前は？」

「和真……。平井、和真です」

「カズマ……。あまり聞いたことのない響きの名ですね。どうでしょう、起き上がれますか？」

「ええと……、はい」

ゆっくりと身を起こすと、そこは石造りの神殿のような場所で、和真は円状の模様が描かれた大理石の床の上に横たわっていたのだとわかった。

身に着けている服は別に風変わりなものではなく、普段から保護者と会うときなどに着ているセミオーダーのスーツなのだが、もしかしてここでは浮いているのだろうか。

「……ごらんなさい、おばあ様。このようにお話も通じますよ？」

美しい青年――シリルが言って振り返ると、彼の背後には、荘厳な白いローブをまとい、白髪をきゅっとひっつめた高齢女性が立っていた。

先ほどから何事か嘆いていた「おばあ様」は、この女性だろう。哀しげに眉尻を下げて、シリルに言う。

「……だったら、手違いってわけでもなさそうだね。シリル、本当に堪忍しておくれ！」

「もうおっしゃらないで。少なくともこの方にとっては、ここにこうしてやってきたのは運命の導きなのですから。どんなお相手であれ、私も定めに従うだけです」

薄く笑みを浮かべて、シリルが言う。

こともなげな様子だが、どこか諦めたような言い方にも取れる口調だ。

「神官」というのがどんな立場なのかはわからないが、何か特別な役職だとすると、名称のわりにとても若く思える。見た目よりもしっかりとした、潔いところもある性格のようだけれど、何かちょっと、頑張って強がっているようでもあるような――――。

教師の目線でそんなふうにシリルを分析していたら、高齢の女性が小さく咳払いをしてこちらに近づき、顔を見やって告げてきた。

「あたしは『大神官』のリゼット・アレオン。シリルは孫だよ。おまえはこのシリルの『花婿』となるべく、この世界に召喚された」

「はな、むこ……？」

「言い間違いではないよ？　同性なのにと思うかもしれないが、そのあたりの事情を説明する前に、まず言っておかなきゃならないことがある」

リゼットと名乗った女性が言葉を切り、きっぱりとした口調で続ける。

「残念ながら、おまえは元の世界ではもう死んでる」

「えっ？」

「おまえの生きていた世界との間に道を開き、事物や魂を召喚する神官の能力によって、おまえの魂は冥府に送られずここに呼び寄せられ、この世界の物質で体ごと再構築された。ここから元の世界に戻ることは不可能だ。よってこの上は、なるべく早くこの世界に慣れてもらいたい」

ある意味とても事務的に、淡々と告げられた死亡宣告。

やはりこれは、夢の続きに違いない。

こんなにも荒唐無稽な話を聞かされたら、ごく普通の現代人としてはそう思わざるを得ない。

だが先ほどの川と違い、ここでは体もあって、自分の存在には現実味がある。リゼットの顔に刻まれた深いしわにもそれを感じ、和真はまじまじと彼女の顔を見つめて言った。

「ええと、あの……、大神官、殿？　ちょっといろいろと、のみ込めないことばかりなのですが」

「だろうね」

「元の世界では、僕はもう死んでいるとおっしゃいましたね？　ということは、つまりここは、そのう……、あの世なのですか？」

混乱しきった頭では、何か訊ねようにもそんな質問くらいしか出てこない。

リゼットがかわいそうなものでも見るような目でこちらを見つめ、それからシリルのほうを向いて告げる。

「……湯殿の準備をさせてくるよ。ひとまず、簡単な質問にはおまえが答えてやりな」

「はい、おばあ様」

シリルが答え、立ち上がって一礼すると、リゼットがさっと部屋を出ていった。

そのローブを着た後ろ姿は、まるで映画の登場人物か何かのようだ。

無茶な設定のゲームの世界にでも没入しているのだろうかと疑い、手のひらを開いたり閉じたりして自分がちゃんとここに存在しているか試してみていると、シリルが気づかうように訊いてきた。

「お体、どこもなんともないですか？　痛かったりは？」

「いえ、大丈夫です」

「それはよかった。おばあ様も人間の召喚はしばらくぶりでしたから、本心を言うと、私も今回、成功するとは――」

「うおっ？　なんだよ、本当に成功したのかよ！　こりゃあ驚きだ！」

シリルの声をかき消すように、部屋の入り口から野太い男の声が響いてきたから、驚いてそちらに目を向ける。

和真は身長が一八〇センチあり、小柄というわけではないのだが、部屋に入ってきた男は和真よりも縦にも横にも二回りくらい大きい、アメリカのプロレスラーみたいな体形の男だった。

バロック期の貴族のような格好をしていて、マントに隠れた腰には剣を下げているのがわかる。

シリルが形のいい眉根をきゅっと寄せ、嫌悪感を露わにして言う。

「召喚の間に武器を携帯したまま入ってくれるなと、いつも申し上げておりますよね、ジェラルド・カーン騎士団長殿？」

「まあまあ、固いことを言うなよシリル！　俺も一応は召喚の監視を仰せつかってる身なんだ。まあ、どうせ今回も駄目だろうと思ってもう飲んじまってたがな」

言いながら、ジェラルドと呼ばれた男が近づいてきて、しげしげとこちらを見やる。

確かにちょっと酒臭い。ふんと鼻で笑って、ジェラルドが言う。

「なんだぁ、このひ弱そうな奴は？　リゼットのばあさんもずいぶんと腕が鈍ったな！」

「ジェラルド！　よくもおばあ様を、そんなふうに……！」

「本当のことだろうが。こんな奴、俺がひとひねりしたら一瞬で潰せるぜ！」

そう言ってジェラルドが、にやにやと嫌な笑みを見せる。

「なあシリル。もういいかげん、婿取りなんか諦めて俺のものになれよ。いい子にしてたら毎晩たっぷり可愛がってやるぜ？」

「……っ！　放してください、ジェラルド！」

ジェラルドが大きな手でシリルの細い腕をつかみ、キスしようとでもするように顔を近づける。シリルが顔を背け、懸命に腕を振りほどこうとするが、ジェラルドは無理やり腰を抱き寄せて、いやらしく舌なめずりなどしてみせる。

本気なのか悪ふざけなのかはわからなかったが、シリルはどう見ても嫌がっている様子だ。和真は思わず立ち上がり、二人の間に割って入ろうと手を伸ばした。

「やめなさい、彼は嫌がっていますよ」

「あぁっ？　すっこんでろ、この『うつし世』の死にぞこないが！」

「うつし世」とは、もしや元いた世界のことだろうか。

そう考えた一瞬に、ジェラルドの太い腕がぶんと振られ、手を払われてドンと胸を突かれた。

予想以上の腕力に手もなく弾き飛ばされる。とっさにどうにか受け身を取ったけれど、この感じだと大理石の床を二回ほどごろごろと転がるはめになるだろう。

一瞬の間にそんな予測をしていると、シリルが右の手のひらをさっとこちらにかざすのが目の端に見えた。

（あ、れ……？）

彼の手がかすかに赤く光った瞬間、大理石の床とその上を転がる体との間に何かふわりと柔らかいものが出現して、頭や背中を優しく抱き留められた感覚があった。

体の動きが止まったので落ち着いて見てみたら、それは大きくて柔らかいマットのようなものだった。

いったいどこから出現したのだろうといぶかっていると、シリルが華奢な手でパンとジェラルドの顔をひっぱたいた。

「おやめなさい、ジェラルド！　なんてことをするのですか！」

シリルに叩かれたところで、ジェラルドにとっては蚊が止まったくらいのものなのだろう。彼がおどけたような顔をして手を離すと、シリルがこちらに駆け寄ってきた。

派手に転がっただけで特にどこもぶつけてはいなかったので、大丈夫だと手を上げようとした、その瞬間――。

「っ……？」

シリルが体に覆いかぶさって、いきなり口唇に口づけてきたから、思わず目を見開いて固まった。

柔らかくて温かい口唇。かすかに香るのは、彼が身に着けている装束に焚き染められた香か。

初対面の相手にキスをされるなんて初めてだし、男性とも初めてだ。

なぜいきなりこういうことになったのか、混乱していると……。

「……ん、んっ……？」

キスをしながら、シリルが和真の左の胸に手を当てると、心臓がトクンと小さく脈打ったのがわかった。続いて合わさった口唇から、何か温かいものが体に入り、胸に渦を巻いて流れ込んでくるのが感じられる。

これはいったいなんなのだろう。

妙にうっとりした気分になっていると、やがてシリルが口唇を離し、和真の緩んでいたネクタイを横に払いのけてワイシャツのボタンを外した。

すると露わになった胸の、ちょうど心臓のあるあたりの皮膚に、薄紅色の丸い模様がみみず腫れみたいに浮かび上がっていた。

まるで体に、大きなスタンプでも押されたかのようだ。

シリルがキッとジェラルドを睨んで鋭く告げる。

「……この方と『仮の絆』を結びました。もはや私闘は許されませんよ！」

「やれやれ、必死だなおまえも！　まあいい、陛下にはこの俺から報告しておいてやるよ。どうせ神官のおまえは、陛下にお目通りも叶わないんだしな」

ジェラルドがはは、とせせら笑いながら、部屋の戸口へと向かう。

「しっかし、召喚するなり仮の絆まで結んじまうとはなぁ。こうなると……、へへ、また別の楽しみも出てきたな？」

「……なんの話です？」

「俺は他人のものになった美人ってのも嫌いじゃないんだぜ？　こんなひょろついた野郎でも、深～く絆を結べば、おまえも角が取れて少しは丸く――」

「くだらないことを言っていないで、さっさと行ってください！」

シリルが頬を真っ赤に染め、うろたえたみたいに言う。

どうしてそんなに赤くなっているのだろうとぼんやり思っていると、ジェラルドがどこか淫靡な笑みを浮かべながら部屋を出ていった。

ややあってリゼットが入れ替わるように部屋に戻ってきて、怪訝そうに訊いてくる。

「……どうしたんだい、シリル？　顔が赤いよ？」

「なんでもないです。ひとまず仮の絆を結んでおいただけですから！」

「なんと、それはまた気の早いことだね。まだモルガン殿下にご報告にも上がっていないのに」

いくらか驚いたのか、リゼットが目を見開いたが、すぐに納得したようにうなずいて言った。

「しかし、この際そうするほかあるまいね。カズマとやら、詳しく状況を説明するから、とにかくまずは、湯殿で身づくろいをしてきてくれないかね？」

「……ええと、浴室をお借りできるということでしょうか？」

「私がご案内いたします。今のあなたは、なんと申し上げましょうか……、少々元の世界の臭いが、強すぎますので」

シリルが形のいい眉をほんの少しひそめて、遠慮がちに言う。

当たり障りがないように、ちょっと言葉を選んでいるみたいな響きだ。

和真としても、元の世界で二日間徹夜であちこち歩き回ったのちに家で倒れていたのだとしたら、すぐにでも風呂に入りたい。

しかし、ここは本当に今まで生きてきた場所とは別の世界なのだろうか。自分はこの華奢で美しい「神官」、シリルの「花婿」に……？

「先ほどの話だけどね、カズマとやら」

シリルにうながされて戸口のほうへ移動する和真に、リゼットが声をかける。

「おまえの言うあの世というのはよくわからんが、シリルのためにも己自身のためにも、精いっぱい、己が生をまっとうすることだよ。ここで死ねば、もう次はないからね」

「……次は、ないんですね……？」

もとより人の生とはそういうものだが、こういう謎の状況で不意に人生の真理を突きつけられるのは、なかなかシビアなものがある。

どうやらこれは夢でもゲームでもなく、転生ファンタジーだったみたいだ。どう考えても社畜教員よりもハードモードな人生ではないか。

この世界で、自分はどうやって生き抜いていくべきか。

和真は呆然としたまま、シリルについて部屋を出た。

◆　◆　◆

——その昔。

燃える太陽と密やかな月、そしてきらめく星々が空を回る、「狭間の世界」と呼ばれているこの地上には、人間のほかに獣の血を引く獣人や、長命で聡明なエルフ、そして邪悪な魔族が存在していた。

魔族はほかの種族に害をなす凶悪な種族で、ほかの種族を奴隷にしてこの世界を支配しようとしたので、あるとき魔族とほかの種族たちとの間で、大きな戦争が起こった。

獣人たちは強靭な肉体を、エルフたちは魔法の力を、人間は道具や武器を使って魔族に対抗したほか、ここことは別の、人間たちが長く歴史を紡いでいる世界、「うつし世」との間に道を作ることができる特殊能力者の神官たちが、道の間で事物や魂を行き来させる「召喚魔術」を使って強い攻撃能力のある幻獣を召喚し、ともに魔族と戦った。

最終的に神官の力によって魔族を異空間に封じ込めたことで、長く続いた魔族との戦争は終結した。

それから、およそ五百年。

魔族との戦争において主戦場だったといわれている、四方を険しい山脈に囲まれたここ、エルヴェ国は、今は人間だけが暮らす国だ。

北には獣人たちの獣の国、西にはエルフたちのエルフの国があると、歴史書にはそう書かれているけれど、三百年ほど前に国境に高い壁が造られてからは、隣国とはほとんど交流もなくなり、今では獣人やエルフを直接その目で見たことがある人間は一人もいなくなってしまった。

かつて召喚魔術を使って魔族と戦い、民たちを守った神官の一族も、その後に続いた人の世の戦乱とエルヴェ国による統一が行われる間に、多くはその血が途絶えた。

今ではアレオン家のみが、かろうじて神官の血筋を保っている状況だ。

しかも現国王は、二十年ほど前に起こったとある痛ましい出来事のせいで、神官を冷遇しており――――。

(やはり、少々早まってしまったか……？)

シリル・アレオンは、祖母である大神官のリゼットについて王宮の中にある回廊を歩きながら、今しがたの出来事を振り返っていた。

和真――彼のいた世界の文字で、そう書くと教えてもらった――と急いで仮の絆を結んだが、本当にあれでよかったのだろうか、と。

――「うつし世」で不慮の死を遂げた人間の男性の魂をこの世界に召喚して、花婿になってもらう。

エルヴェ国唯一の神官家に生を受けたシリルにとって、それはいわば、生まれる前から定められた運命だった。

とはいえ一生のことなのだから、仮の絆を結ぶにあたっては、もっと慎重になるべきだったろうかとも思う。

（でも、私は神官……。えり好みをしている余裕など、ないのだから）

神官――――。

それは古の時代、亡くなった人間の魂を冥府に送ったり、「うつし世」で亡くなってさまよっている人間の魂を冥府に導いたりする儀式を、神事としてごくほそぼそと行っていた存在だった。

やがて呼び寄せた魂を肉体ごと再構築し、交わることで魔力を高めることができるようになり、それを何世代にもわたって続けることで、魔法陣で時空に穴と道を作って「うつし世」との間をつなぎ、事物や魂、ときには幻獣までもを自在に召喚する能力を持つに至ったのだった。

そのため、神官としての能力を維持し、その力を子孫に継承させるには、今でも「うつし世」の住人である人間の助力が必要不可欠なのだが、現在は様々な事情から、召喚の回数や時期に制約が課せられている。

そんな中、ようやくリゼットが花婿の召喚に成功したというのに、ジェラルドが余計なちゃちゃを入れてきたから、後先も考えずに仮の絆を結んでしまった。

せめてどんな人物なのか、もう少し確かめてからにしてもよかったかもしれない。

「……やあ、来たね、リゼットにシリル。待っていたよ」

十字形に四方に広がる王宮の、東の棟の一画。

現国王の異母弟、モルガン殿下の執務室のドアが開き、穏やかな笑みとともに迎えられて、シリルはリゼットに続いて中に入った。花婿となるべき人間が召喚されてきたことを伝えるため、ともに出向いたのだ。

本来は国王であるフィルマン陛下に直接伝えるべき事柄だが、神官である自分たちは、とある事情でフィルマンに疎まれており、謁見を賜ることを許されていない。

代わりにモルガンが様々な報告を聞き、フィルマンに伝えてくれているのだった。

リゼットがモルガンの前に歩み出て、うやうやしく頭を垂れて言う。

「拝謁を賜りまことにありがとうございます、殿下。先ほど、ついに待ち焦がれていた花婿の召喚が叶いました」

「そうらしいね。兄上のところにジェラルドが報告に来ていたよ。まずはご苦労だった、リゼット。そしておめでとう、シリル」

「ありがとうございます、モルガン殿下」

「洩れ聞いた限りでは、ジェラルドはなんだかんだと難癖をつけて、結婚に反対するよう進言していたようだ。でも、きみが花婿と正式な絆を結べるよう私もできる限り協力するし、きみと花婿を守ると約束する。何も心配しなくていいからね？」

「は、はい。もったいないお言葉です……！」

モルガンの優しい声かけに、心穏やかな気持ちになる。

フィルマンとは異母兄弟のモルガンには、何世代か前に途絶えた神官家の血が流れているという話だ。そのためなのか、神官を冷遇するフィルマンに対し、モルガンはアレオン家を庇護してくれ、いつも間に立ってくれている。

リゼットも安堵したのか、少々困った顔で言う。

「しかし、実際に花婿が現れてみますと、いろいろと考えてしまうものですねぇ」

「ほう。それは、どのようなことをかな？」

「そう、なんと申し上げたらよいものか……、花婿というのが、こちらで考えていたよりも、どこかこう、心もとない人物でありまして。それゆえに、仮の絆を結びはしたものの、いささか早急ではなかったかと思うところもあるのですよ」

シリルの相手が本当にあの和真でいいのだろうかと、やや不安を覚えているのか、リゼットが正直な所感を告げる。

するとモルガンが、ふふ、と小さく笑って言う。

「そうか。でもそれは、あなたが新しい花婿を、亡くなった娘婿のアンリと比べているからではないかな？　彼はよき花婿だったからねえ」

アンリはシリルの父親で、和真と同じように「うつし世」から召喚されてきた人間だ。母親で神官のレナとは強い絆で結ばれていて、その温厚で慈愛に満ちた性格ゆえに、民たちからとても慕われ、好かれていたと聞いている。

二人とも二十年前、シリルが二歳のときに亡くなってしまったから、ほとんど記憶にないのだが。

「あれから、もう二十年か。シリルの花婿が召喚されてきたことを一番喜んでいるのは、もしかしたらレナとアンリかもしれないね」

モルガンがしみじみとそう言うと、リゼットもさすがに感じ入るところがあるのか、哀しげにうなずく。

今から二十年前のこと。

王宮で行われた祭事の際、神官のレナが、いわゆる「召喚事故」を起こした。

原因はいまだに不明だが、「うつし世」との間にできた道を制御できなくなり、時空に開けた穴にこちらの世界の事物が吸い込まれ、戻れなくなってしまう現象だ。

その事故には、フィルマンの息子で、まだ五歳だった第一王子のクレマンドをはじめ、随行の役人や騎士らが何人も巻き込まれた。最終的にレナとアンリが二人で身をていして召喚の道を塞いだのだが、ここ百年ほどの間に起こった中では、最悪の事故だった。

フィルマンはたまたま体調不良で祭事への出席を見合わせていたため無事だったが、出席していたモルガンは王妃のカミーユをかばって大怪我をし、カミーユも目の前で息子を失ったショックで心身にダメージを受け、その後は公の場に出られないほど錯乱してしまった。五年前、待望の第二王子のシャルルが生まれはしたが、彼女は今でも、離宮で療養しながらひっそりと暮らしている。

召喚事故を受けて、元々神官や召喚魔術に懐疑的だったフィルマンは、一時はアレオン家の取り潰しも考えていたようだった。

だがモルガンが、あれは避けようのない事故だったと擁護してくれ、エルヴェ国唯一の神官家を取り潰しては、今後何かの折に召喚が必要になったときに困るかもしれないととりなしてくれたおかげで、どうにか思いとどまったのだという。

事故については発生当初から厳重なかん口令が敷かれており、ごく一部の者しかその詳細を知らないので、フィルマンがなぜ神官を冷遇し遠ざけているのか、今では宮廷貴族の中にも、事情をよく知らない者が多くいるのだった。

　モルガンが思案げに言う。

「ともかくも、花婿たる人間を召喚できたのは素晴らしいことだと私は思うよ。シリルがよき花婿を得れば魔力も安定し、能力も上がるだろう。あなたが一人で担ってきた様々なつとめも、シリルと二人で分け合うことができるのではないかな、リゼット？」

「それは確かに、おっしゃるとおりです。わたくしももういい年ですからねえ、早々に孫に仕事を譲って、引退したいところではあります」

「はは、それはまだ少し早いと思うけれどね。あなたには、まだまだ現役でいてもらわないと」

　モルガンが言って、こちらに目を向ける。

「シリル。きみの花婿が現れる日を、私も身内のように心待ちにしていたよ。よき絆を結べるといいね？」

「……はい。本当にありがとうございます、モルガン殿下！」

　王弟殿下に身内のように、と言ってもらえるなんて、なんだか泣いてしまいそうだ。

　事故とはいえ、自分の両親のせいで第一王子が亡くなったのだと、シリルはどうしても、折に触れそのことを意識してしまっていたから……。

「……失礼いたします！」

執務室の戸口のほうから、女性の声が届く。

やや緊迫した声だったのでそちらに目をやると、戸口にシャルル王子の乳母のエマが立っていた。

エマはジェラルドの妹で、王子が生まれたばかりの頃から乳母として仕えている。兄と違って純朴な、至って真面目な女性で、いつもまめまめしく王子の世話をしている。

うろたえた様子で、エマがモルガンに訴える。

「非礼をお許しください！　実はシャルル様が、王宮内で行方不明になってしまわれまして……！」

「おやおや、私の可愛い甥っ子がかい？」

「見慣れぬ男に手を引かれてこちらの棟に入っていくのを見たと、女官の一人が申しておりまして、何かあったらと心配で！」

「そうか。あの子はあちこち探検するのが好きだからねえ」

モルガンが微笑ましげな顔をして、青い顔のエマに鷹揚に言う。

「しかし、王宮の警護は完璧だ。部外者が入る隙などはないし、きっと誰かが相手をしてくれているというだけのことだろう。そのうち戻ってくるのではないか？」

「ですが！　シャルル様にもしものことがあったら、国王陛下がなんとおっしゃるか！」

モルガンがなだめても、エマはおろおろしてばかりで、今にも泣き出しそうだ。

召喚事故で第一王子を失ったフィルマンにとって、シャルルはただ一人の大切な息子だ。決して目を離さぬよう、エマは普段から厳しく命じられているのだ。

なんとなく気の毒になって、シリルは言った。

「エマ、私が一緒にお捜ししますよ」

「シリル様……！」

「この間、シャルル殿下が召喚の間のほうにおみえになったことがあったのです。そのときに、東の棟の中庭に綺麗な青い蝶がいるらしいという話をされていたから、もしかしたらそちらに行かれたのかもしれないです」

「……ふむ、どうやらシリルの見立てのとおりのようだね。ごらん、あそこにシャルルの姿が見えるよ」

モルガンが執務室のテラス窓に目を向け、中庭を示して言う。

エマと一緒に窓辺に行くと、金色の巻き毛が愛らしい幼い子供――シャルルが、蝶を追いかけているのが見えた。

でも、こちらに背を向けて立っている傍らの黒髪の男は、いったい何者だろう。シャルルが時折話しかけているが、誰だかわからない。

モルガンがテラス窓を開けてくれたので、シリルはエマと一緒に中庭に出た。

シャルルが黒髪の人物の手を取って中庭の向こう側へと歩き出そうとしたので、シリルは後ろから声をかけた。

「シャルル殿下、皆が捜しておりましたよ！」

シリルの声に、シャルルがぴくりと肩を震わせて振り返る。

もじもじと黒髪の男の陰に隠れると、男が振り向き、シリルを見て会釈をして言った。

「……ああ、あなたでしたか。先ほどはどうも」

「……？　先ほど、とは？」

「ひどい格好で失礼しました。よろしければ、改めて状況を確認させていただけませんか？」

すっと形のいい眉に、黒い瞳が覗く切れ長の目。通った鼻筋とやや肉感的な口唇。

性質の穏やかさと深い知性とを同時に感じさせるような、整った容姿だ。

癖のある黒髪を軽く撫でつけ、ありふれた長袖のチュニックをまとったその人物が誰なのか、一瞬本気でわからなかったが、その声には覚えがある。

驚愕しながら、シリルは訊いた。

「あなた、和真ですかっ？」

「はい」

「見違えました。ずいぶんと、その……、整ったお顔立ちだったのですね？」

「はは、お褒めいただきどうもありがとうございます」

「でも、なぜシャルル殿下とご一緒に？」

「湯殿を出たあと、あなたから待っているようにと言われた部屋にいたら、殿下がひょこひょこと迷い込んでいらして。ここは初めてだと申し上げたら、案内をしてあげようとおっしゃって……」

和真が説明していると、中庭の反対側から、大声でシャルルを呼ぶ声が近づいてきた。

「シャルル！　シャルルはどこだ！」

「つ！　陛下のお声だ……！」

おそらくシャルルを捜し回っていたのだろう、フィルマンが中庭に姿を現し、シャルルを見つけて目を見張るのがわかった。

だがその顔には安堵ではなく怒りの表情が浮かび、和真を恐ろしい目で睨みつける。

シリルが事情を話す間もなく、フィルマンが鋭く言う。

「この、無礼者め！　我が子をどこに連れていくつもりだったっ！」

「あの、陛下！　彼に、そのような意図は……！」

「む、貴様は神官のシリルだなっ？　こやつと共謀しておったのか！　者ども！　奴らを捕らえよ！」

シャルルが行方知れずになってよほど焦っていたのか、フィルマンはすっかり冷静さを欠いた様子だ。衛兵たちもどこか半信半疑な顔つきだが、命令に従って周りを取り囲む。

突然の事態に、和真は目を丸くしている。シリルは慌てて言った。

「陛下、彼は決して怪しい者ではなく……」

「黙れ！　私は神官とは話さん！」

フィルマンが言葉を遮り、強い調子で言う。

「シャルルに……、我が息子に害をなす者は、誰であれ国賊とみなすぞ！」

「陛下……」

シリルの母、神官のレナが起こした事故のせいで王子を亡くしているフィルマンに、神官であるシリルとリゼットは、ずっとこうして疎まれてきた。

でも、国賊とまで言われるのは胸が痛い。

何か言い返すこともできず、ただ黙って目を伏せると……。

「お父さま！　この人、ぼくのお友だちだよ？」

シャルルが和真の陰からひょこっと飛び出してきて、かばうように言う。

「この人、ここじゃないところから来たんだって！　それで、いっしょに青いちょうちょを探しに来たの。お父さまも、探しませんか？」

「……ちょうちょ、だと……？」

「お父さまに、なまえを教えてあげて？」

「はい、殿下」

和真がシャルルに笑顔で答え、フィルマンに向かって膝をついて首を垂れる。

「初めまして、国王陛下。私は平井和真と申します。殿下にお誘いいただき、青い蝶を探しておりました。こうしてお会いできまして、まことに光栄です」

和真が真面目な挨拶の言葉を告げたので、フィルマンが面食らったような顔をする。

和真の振る舞いは、この場を収めるのには至って正しい。どうやらシャルルはすっかり和真に懐いて、自分の身分や立場などまで話しているようだ。

(この方は、どこかの宮廷にでもおつとめだったのか……？)

シャルルはどちらかというと人見知りで、知らない人間に自分から話しかけたりするほうではない。その彼にこんなに短い時間で友達とまで言わしめるなんて、お付きの者たちでもそうそうできることではないのだ。

「なるほど。あなたが召喚されてきた花婿なのだね」

すかさずモルガンがこちらにやってきて、衛兵たちを下がらせて和真に悠然と告げる。

「会えて嬉しいよ、花婿殿。兄上、彼は国賊などではありませんぞ。己に害をなすような者ではないと、聡明なシャルルにはわかったのでしょうな」

モルガンが言って、つつましく中庭の隅から様子をうかがっているリゼットを手招きする。

そうしておもむろにフィルマンに告げる。

「ちょうどよかった、兄上に折り入って話があるのですが」

「……話？　なんだ、改まって？」

「実は先日リゼットから、かつて神官が封印したとある時空の道に関して、少々気になる話を聞いたのです。この機会にリゼットから直接話してもらったほうがよいと思いますので、このまま一緒に執務室にお越しください」

「なっ？　私は神官とは話さんぞっ！」

「まあまあ、そう頑なことをおっしゃらずに」

立ち去ろうとするフィルマンの腕をつかみながら、モルガンがシャルルに言う。

「シャルル、もうすぐお茶の時間だろう？　エマと食堂に行ったら、甘いお菓子が待っているよ？」

「あまいおかし……！」

シャルルの幼い顔がぱっと明るくなり、エマの元に駆けていくのを見届けてから、モルガンがこちらを向いて告げる。

「シリル、花婿を連れていってこの世界のことを教えてやりなさい。そのままアレオン家の屋敷に連れ帰るなら、私が許可しよう。さあ、行きなさい」

「はい……、ありがとうございます、モルガン殿下……！」

鮮やかにこの場を収めてくれただけでなく、普段ほとんど話すことのないリゼットとフィルマンの間まで取り持ってくれるモルガンは、本当に人格者だと思う。

シリルは深々と頭を下げて、和真を連れてその場を離れた。


「おー……、いい眺めですね、ここは」

王宮の中心部にある物見の塔からの眺めに、和真が感嘆の声を洩らす。

エルヴェ国はほぼ平坦なので、ここからは国土を広く見渡せる。もうだいぶ日は傾いているが、今日は空気が澄んでいるようで、国の四方を取り囲む遠い山脈までもがうっすら見える。

「あの山の向こうに、獣人やエルフの国があるのですね？」

「ええ、ほとんど誰も見たことはありませんが。先ほども申し上げたように、ここ三百年ほどは交流もありません。この国は人間だけの国になり、誰が支配者になるかで争いが起こって、それを初代エルヴェ国王が統一したのです。それが、エルヴェ国の始まりです」

王宮を案内しながら、シリルは和真にこの国の成り立ちや、神官がどういった存在なのかを話して聞かせている。

ざっくりとした説明なのに、和真は興味深そうにうなずいて話を聞いてくれている。

彼は元いた世界――「うつし世」――では子供たちに歴史を教えていたとのことだから、こういう話が好きなのかもしれない。

黒い瞳を輝かせて、和真が言う。

「魔族との戦いでは、人間は獣人やエルフと共闘したのですよね？　どのような戦いがあったのか、史料などがあるのでしたら見てみたいですね」

「その頃の史料はあまり残っていないのですよ。人間同士が争っている間に多くが焼失してしまったといわれていて。ほんの少し残っているものが王宮の書庫に保管されていますが、その頃のものに限らず、歴史的な価値のある文献は古い言語で書かれていることが多く、王立大学の学生でもなければ、気軽に読めるものでもないのです」

「そうなのですか。なんとももったいない話ですね」

和真が言って、残念そうな顔をする。それからふと思いついたように訊いてくる。

「それにしても、神官の家系は、なぜ数が減ってしまったのです？」

「？　なぜ、というのは？」

「魔族とやらを退けたあと、人間同士で戦争になったんですよね？　幻獣、でしたか、強い召喚獣を呼び寄せることができるのなら、戦いに神官の能力が利用されても、おかしくはなかったのではありませんか？」

それこそ王立大学の教授に学問を教わっている学生のような生真面目さで、和真が訊いてくる。

そんな突っ込んだ質問をされるとは思わなかったが、シリルも昔、似たようなことをリゼットに訊いたことがあったと思い出した。

シリルは少し考えをまとめてから答えた。

「利用するよりも先に、神官は危険視され、活動を制限されたからです。人間たちのほとんどは、武器や道具で戦った自分たちこそが魔族を追い詰めたのだと考えていましたので」

「召喚魔術は、やはり一部の能力者だけが行えるものなのですね」

「ええ。人間の国が統一されて、強い武力を持った傭兵団が王国を守る騎士団として召し抱えられるようになると、召喚魔術など古い時代の遺物だといわれ、ますます軽んじられるようになったのです」

言いながら、シリルは先ほどのジェラルドの傍若無人さを思い出して訊いた。

「そういえば、あなたは先ほどジェラルドに思い切り突き飛ばされていましたね？　本当に怪我はなかったのですか？」

「はい、大丈夫です。あなたが柔らかいマットを出してくださったおかげですよ。あれも、召喚なのでしょうか？」

「まあ、ちょっとした応用のようなものです。でもあなたは運がよかった。彼は体一つで騎士団長にまでなった男です。彼が本気なら、一撃で再起不能になっていたかもしれない。もう手出しはしてこないと思いますが、彼も召喚魔術が嫌いです。あまりかかわらないほうがいいですよ？」

「そうなのですね。それは、心しておきます」

和真が言って、小さくうなずく。

ジェラルドが召喚魔術を嫌うのは、宮廷庭師だった彼の父親が、二十年前の召喚事故に巻き込まれて亡くなったせいだが、単純に腕力や武力を信奉しているからでもある。

しかし、そもそも今の神官には、危険だと恐れられるほどの力はない。神官の家系はアレオン家しか残っておらず、神官もリゼットとシリルだけだ。

リゼットは高齢だし、シリルなどは半人前で、民たちにはそれなりに崇められているものの、現状できることといえば、季節ごとの召喚と捧げ物の儀式や、祭事の慰霊の儀式、魂送《たまおく》りを行うこと、式典などの場で無害な花や鳥などを召喚して式を盛り上げたりすることくらいなのだ。

（でも花婿と結婚すれば、私も一人前になれる）

王からは冷遇されているが、神官としての基本的な能力を維持するため、「うつし世」から人間を召喚して結婚することはかろうじて許可されている。和真が召喚されたこの機会は、やはり無駄にはできないのだ。

シリルは和真と向き合い、黒い目を見つめて言った。

「さて、ではそろそろ、花婿というのが何者なのか、あなたにお話ししましょう」

「あ……、はい。ぜひお願いします」

和真がうなずいて、こちらを真っ直ぐに見つめ返す。

頭の中で話す順番をまとめてから、シリルは言った。

「神官は、あなたのいた世界である『うつし世』とつながることで、そこから魔力を得ています。だから常に接触を保つ必要がある。そしてそのために『うつし世』から、この世界にとってのいわば異物である、人間の男性を召喚するのです」

「それが、花婿ですか？」

「そうです。花婿を得ると、神官は己の力を高めたり、疲労を癒やしてもらえるようになります。一人前のつとめをこなせるようになるので、おばあ様が大神官として一人で担ってきた難しいつとめも、私が代わって行えるようになります」

「なるほど、そういうことでしたか。つまり花婿は、あなたを補佐する役目を担う立場の者の呼び名なのですね？」

「そうなります。本当はもう少し、お人柄など確かめてから仮の絆を結ぶところを、あなたに関しては何段階か飛ばすことになってしまったのですが……」

シリルは言って、和真のチュニックの胸元から覗く印を指さした。

「あなたの胸につけた刻印は、今は淡い色をしていますが、ともにつとめを行ったり日々を過ごす間に、徐々に濃い赤色に変わっていくことになります。絆が強くなったら、程よいところで正式な絆を結ぶのです」

「もしや、それを指して結婚と呼んでいるのでしょうか？」

「おっしゃるとおりです。その絆は、生涯続くことになります」

シリルはうなずき、噛んで含めるように続けた。

「先ほどもおばあ様が言っていたように、あなたには元の世界に戻るという選択肢はありません。どうやっても帰れないのは確かです。ですからできれば、私と結婚することを考えてほしいです。無理を言っていることは、もちろんわかっておりますが」

「元の世界に帰れないことは、もう受け入れるしかないと思っていますよ。死期が少し延びたと思えば、僕にできる範囲であなたの補佐役をつとめるのもやぶさかではない。ですが……」

和真が思案げに言って言葉を切り、どこか探るように訊いてくる。

「あなたは、本当にそれでいいのですか？」

「？　どういう意味です？」

「お話を聞いていると、あなたには自由というものがない。神官に生まれついたというだけで、召喚という、いわば運任せで生涯の絆を結ぶ相手を選ばなければならないなんて、とてもつらいことではありませんか？」

「……つらい……？」

思わぬ問いかけに驚いて、小首をかしげてしまう。

そんなこと、今まで一度たりとも考えたことがなかった。神官に生まれついたのは運命で、それに逆らうような自由が欲しいと思ったこともないのだ。

でも、改めて訊かれるとちょっと動揺してしまう。和真から目をそらして、シリルは言った。

「よく、わかりません。私は神官です。今は国王陛下に疎まれていますが、この力は本来、この狭間の世界に生きる民たちすべてのために使うものだと思っています。民たちのために生きられるなら、私にはなんの不満も――」

「おっ、見つけたぞ、花婿！　ここに下りてこい！」

突然、塔の外から聞こえてきた野太い声での呼びかけに、和真と窓の外を覗いた。

塔の眼下にある、王宮の南の棟の屋上に、銀の鎧をまとって長剣を手にした騎士が立っていて、こちらに大声で呼びかけている。

どうやら、ジェラルドのようだ。いきなり完全武装で現れるなんてただ事じゃない。和真もそう思ったのか、ぼそりと訊いてくる。

「……彼は先ほどの、騎士団長さんですよね？」

「ええ、そうです」

「どうやら僕を呼んでいるようですが、あの格好……。なんとなく、嫌な予感しかしないのですが」

「気が合いますね、私もです。無視して、逃げてしまいましょうか？」

今ならまだ気づかなかったふりができそうだと思い、訊ねると、和真が首を横に振った。

「いえ、逃げると後あと面倒な気がします。呼ばれているのだから、行きますよ」

「え……、ちょっ、お待ちください……！」

和真がさっさと塔の階段を下り始めたので、慌ててあとを追いかける。

南の棟の石造りの屋上に出ると、ジェラルドが和真を睨み据え、尊大な態度で言った。

「よぉ、花婿。どうやら少しは身綺麗になったようだな！」

「あなたのほうはずいぶんと重装備だ。僕に、何かご用がおありですか？」

「なあに、簡単な話だ。シリルの結婚相手の座をかけて、俺と勝負しろ！」

「なっ？　ジェラルド、あなたはいったい、何を言ってっ？」

あまりにも馬鹿げた話に開いた口が塞がらない。これまで何度もちょっかいを出してきてはいたが、本気で求婚する気などなかったくせに。

「和真は私の花婿ですよ、ジェラルド！　そんなこと、許されるわけがないでしょう！」

「己が名誉のために闘いを挑むのは、いつでも、誰にでも許されているさ！　これは決闘だ。勝者のトロフィーはおまえだ、シリル！」

「そんなっ……、勝手なことを！」

このような決闘、とても受け入れられるわけがない。

そもそも、騎士にとって決闘は己の名誉をかけた真剣なものであるはずだ。なのにジェラルドからは、和真になら余裕で勝てると高をくっているのがありありと感じられる。神官も花婿も、何もかもを愚弄する振る舞いに、怒りが湧いてくる。

ジェラルドが声高らかに決闘を宣言したせいか、成り行きを見届けようと徐々に人が集まってくる。和真を守らなければならないが、ここで引かせたりすれば、臆病者とそしりを受けるかもしれないし……。

「なるほど、悪い予感が的中しましたね。決闘ときましたか」

和真が周りを見回し、こちらを向いて確認するように言う。

「もしも受けて立った場合、花婿である僕が彼に勝たないと、あなたは彼のものになる。そうなるとあなたは、神官としての能力を発揮できず、やがては民たちが困るかもしれない。そういう認識で合っていますか？」

「はい、それで合っていますがっ……」

「でしたら、ひとまずその状況を回避しましょう」

「回避……？」

もちろんそうできればいいのだが、何か決闘をしなくてすむような、いい手があるだろうか。

焦って考えていると、和真がジェラルドの姿をまじまじと眺めて、よく通る声で告げた。

「決闘をお受けしてもいいですよ、騎士団長殿」

「和真っ……？」

まさか決闘の申し入れに応じるとは思わず、驚いて彼の顔を凝視する。何か戦略でもあるのだろうか、それとも……？

「……ですが、見たところあなたはかなりお強いようだ。騎士団長をつとめていらっしゃるのだから、当然かもしれませんが」

和真がジェラルドに言って、落ち着いた声で続ける。

「僕には剣の素養はないし、フル装備のあなたとやり合うのは、公平な決闘とは言えないのではと思います」

「ほぉ？　だったら、どうすりゃ公平だって言うんだ？」

「そうですね……、丸腰で、格闘はいかがでしょう？　先に床に背中をつけたほうが負け、というのは？」

「か、和真、それ、かなり無謀な条件ですよっ？」

ジェラルドと和真では、あまりにも体格が違いすぎる。それに騎士は皆、武器を持たずとも戦えるよう体術の訓練を受けているのだ。

くっとおかしそうに笑って、ジェラルドが言う。

「いいだろう！　背中をつけたら負け、だなぁ？」

ジェラルドが余裕綽々といった様子で剣を置き、鎧を脱ぎ捨てる。

勝負の行方をひそひそと言い合い、賭けまで始めた見物人たちに囲まれ、二人が向き合うと、ジェラルドの巨躯がことさらに大きく見え、こちらまで戦慄してしまった。

「あの、和真。やはりやめておいたほうが……！」

「大丈夫ですよ、シリル。さあ、どこからでもどうぞ、騎士団長殿」

シリルの心配など気にも留めず、和真が少し足を開いて立ち、煽るように言う。

ジェラルドがにやりと笑う。

「その勇気に免じて、命までは取らないでおいてやるよ。行くぞ、花婿ぉっ！」

ジェラルドが叫びを上げ、和真につかみかかろうと一瞬で間合いを詰める。

どう見ても最初の一手で勝負ありだろう。背骨でも折られたら困ると思い、シリルが何か緩衝材のようなものを召喚しようと手をかざした、次の瞬間。

「おわぁっ……？」

ジェラルドが頓狂な声を出したと思ったら、どうしてかその巨体が和真の脇をひらりと流れ、球が転がるみたいにころん、と背中から綺麗に床に転がった。

予想外の出来事に、驚いて目を見開く。

何が起こったのか誰もわからなかったから、屋上はしんと静まり返っている。

「……背中、つきましたね？」

おかしな夢でも見たような顔で固まっているジェラルドに、和真が朗らかな笑みを見せて言う。

「では私の勝ちということで、シリルはもらっていきます。よろしいですね、騎士団長殿？」

「……な、んっ……？」

ジェラルドが唖然としたまま、まともに返事もできないでいるうちに、和真がシリルの手を取って歩き出す。

見物人たちの上げた歓声だけが、シリルの耳に響いていた。


「アイキドー……？」

「はい。でもそれだけではなくて、ほかの護身術なども混ざっています。要は相手の勢いを利用して、そのまま受け流すのですよ。あの方も体術の訓練を受けているので、自然と綺麗な受け身が取れたのでしょう。怪我などがなくてよかったです」

王宮を出て、やや郊外にあるアレオン家の屋敷へと向かう、馬車の中。

まるで何事もなかったかのようにひょうひょうとした様子で、和真が先ほどの決闘について説明してくれている。

説明されればわからなくもないが、具体的に何をどうやったらああなったのか、シリルにはさっぱり理解できなかった。

でも和真は、自ら提案したルールをジェラルドにのませた上で、これ以上ないほど鮮やかに勝ちを決めたのだ。ほとんど叩き上げ同然、己の身体能力だけで従卒から騎士団長にまで成り上がった、あのジェラルドを相手に。

(……実はかなり優秀な方なのかもしれないな、和真は)

リゼットはさえない男だなんて言っていたし、シリルとしても何か期待していたわけではなかった。

だがほんの短い間に人見知りのシャルル王子に友達と言わしめ、戦闘が本職のジェラルドの挑戦を退けるなんて、いい意味で予想を裏切られた気分だ。

「それより、すみませんでした、シリル。つい勢いで、もらっていくだなんて言って。あなたはモノではないのに」

「いえ、そのような。ああいうふうに告げたほうが、ジェラルドには効くかもしれないです

し。なんと言いますか、とても、男らしかったですよ？」

「そう言っていただけると、ありがたいですが」

堂々と勝ったのだから、さすがにジェラルドも負けを認めるほかないだろう。あれだけの見物人たちが現場を見ていたわけで、ごまかしも利かないはずだ。

（というか、王宮内に大々的に知れ渡ったかもしれないな、もう）

そもそも決闘自体、話題として広がりやすいのだ。和真がシリルの花婿として召喚された人間であることは、あえて知らせなくてもじきに皆が知るところとなるだろう。

早々に仮の絆を結んでいることだし、こうなればすぐにでも、契りを結んだほうがいいのではないか。

（契り、か）

先ほど和真に花婿について説明したときは生々しい話はしなかったが、そもそも結婚するというのはそういう目的があってのことだ。神官が花婿から「うつし世」の力を分け与えてもらうためには、性行為は避けられない。

今まで、ほかの誰ともそれをしたことはないが、やり方はきちんと把握しているし、この際さっさと既成事実を作ってしまうほうがいいのかも――――。

「おかえりなさいませ、シリル様」

「ただいま、クレール。和真、彼は我が家の執事のクレールです」

すっかり日が落ちた頃、馬車は屋敷に到着した。

あらかじめ花婿の召喚の成功を知らせておいたためか、初老の執事のクレール以下屋敷の召使いが総出で迎えてくれたので、ひとまず和真にクレールを紹介する。

和真が頭を下げて言う。

「初めまして、クレールさん。平井和真です。お会いできて嬉しいです」

「私どもも、心から嬉しく思っております、和真様！　花婿様がいらっしゃる日を、召使い一同ずっとお待ちしておりました！」

「お世話になります、皆様」

和真が召使いたちにも丁寧に挨拶をする。シリルはクレールに訊いた。

「さっそくですが、花婿の部屋の支度はできていますか？」

「もちろんでございます！」

「万事抜かりなく……、ですね？」

いくらか含みを持たせてそう訊ねると、クレールが察したようにかすかに片眉を上げ、一呼吸置いて答える。

「はい、もちろんでございます。必要なものは、すべてそろっております」

「ありがとう。じゃあこのまま、私が案内します。こちらへ、和真」

玄関ホールの奥にある大階段に和真をいざない、二人だけで二階に上がる。

左右に絵画や肖像画、書棚が並ぶ長い廊下を進むと、シリルの書斎と私室があり、そこを過ぎた突き当たりには奥の間と呼ばれる部屋があって、大きな両開きのドアがある。

一応は花婿が暮らすための部屋。

そして絆を深める時間を、ともに過ごすための部屋だ。

ドアを開けると、燭台にろうそくがともされていた。和真が驚いたように言う。

「……ずいぶんと広い、素敵なお部屋ですね！」

「そうですか？」

「天井がすごく高いですし、絨毯も壁紙も綺麗で……、まるで、昔の映画に出てくる部屋みたいだ！」

えいが、というのがどういうものかはわからないが、この部屋が屋敷の中でも広めなのは確かだ。

天蓋付きの大きなベッド。作りつけの書棚とライティングビューローに、大きなクローゼット、くつろげる長椅子。二人きりで食事をとるためのダイニングテーブル。

調度品はどれも最高級品で、丁寧に磨き上げられて輝いている。

今日はもう暗くなってしまって見えないが、大きなテラス窓の向こうには美しい庭園が広がっていて、季節の花々を見て楽しむことができる。

花婿を迎えるための部屋なのだから、当然と言えば当然なのだが、和真があまりにも物珍しそうにしているので、今までどんな暮らしをしていたのか、少々気になってくる。

「こんなに大きなベッド、見るのも初めてです。ちょっと横になってみても？」

「お好きになさってけっこうですよ。ここはもうあなたのお部屋ですから」

「では、失礼して……。おお、フカフカだ」

ベッドに寝転んだ和真は、ちょっと嬉しそうだ。昔のえいがとやらに出てくると言うからには、彼の時代にはベッドはないのか……？

『うつし世』で、あなたはどんなところで暮らしていたんです？」

「僕の部屋はここの半分もない、六畳一間っていうんですけど、かなり手狭なところだったんですよ。まあほぼ社畜みたいな感じだったので、寝に帰るだけでしたね」

「しゃちく、って？」

「物事の判断が怪しくなるくらい、身も心も職場と一体化して、日々働きづめだったってことです。少しずつ働き方改革は行われていましたが、業務外の負担もかなりありましたし」

「うーん？　いまひとつよくわからないのですが、あなたは、もしや奴隷だったのですか？」

「いえいえ、違いますよ！　僕のいた時代は奴隷制があった頃よりずっとあとです。基本的に世界は民主主義国家が大半の時代でしたが……、でもまあ、奴隷根性というのはあったのかもしれないな。滅私奉公、なんて言葉も存在してはいたし」

和真が考えを巡らせるように言って、それから困ったように続ける。

「中でも教員……教師というのは、聖職といわれていましてね。文字どおりの意味ではないですが、自分のことは二の次にしてでも教育に尽くし人生すらも捧げるのが当然だと、長くそんなふうにみなされていた職業なんです」

「なるほど、そういう意味で聖職……」

「でも、それは全然苦にならなかった。生徒たちのために働けるなら、僕はそれだけで嬉しかったんですよ。そういうところは、神官であるあなたと少し似ているのかもしれないですね？」

「確かに。本当にそうですね」

和真の言葉に、何やら親しみを覚える。

正直どんな時代だったのかはわからないが、和真が人のために働くことに誇りを持ち、やりがいを感じていたなら、それは時代を超えて共感できるところがある。

でも、そう聞いてしまうと少し不安にもなる。シリルは探るように訊いた。

「今さら言っても仕方がないですが、やはり『うつし世』に、未練などがありますよね？」

「さあ、そうですね。なくはないですが、やはり死んでしまった以上仕方がないというか」

「でも、ご家族もいたのでしょう？」

「教師を志してから、僕はほとんど勘当同然の身でした。でも僕のほうは気にかけていましたし、もしかしたら彼らも、僕が死んだことを哀しんでいるかもしれない。そう思うと、少しつらい気持ちはあります」

「和真……」

「でも、起こったことは覆せない。両親が哀しんでいるとしても、いつか立ち直ってくれたら。そう願うばかりですよ」

和真が薄く笑って言う。

「僕も、こうなったからにはなるべく早くこちらに慣れたいです。向こうの世界は便利で快適な場所でしたけど、その分毎日がせわしなくもあったし、もしかしたらここのほうが、穏やかな暮らしができるかもしれない。それならそれで悪くないですしね」

「そうですか。あなたは、意外に適応力があるのですね……？」

住んでいた世界からいきなり召喚されてきて、こんなにも落ち着いていられるなんて、ものすごく心が強いのか、それともただ楽観的な性格なだけなのか。

あるいはどちらともなのかもしれないが、いずれにしても、今後のことを考えたらむしろそのほうがいいかもしれない。

シリルはふっと一つ息を吐き、とある決意を胸にベッドに歩み寄った。

そうして和真の脇に腰かけ、さりげない口調で言う。

「あなたはとても柔軟な方だと、よくわかりました。ジェラルドとの決闘にも勝って、強い方だとも」

「それほど強いということはないかもしれないですが」

「謙遜しないでください。私を助けてくれたんですから、感謝しています」

シリルは言って、伝えるべきことを考えながら続けた。

「私としては、あなたがこのまま私の花婿になることを前向きに考えてくれたら、本当にありがたいのですが。何しろおばあ様も、高齢ですし」

「それは、そうでしょうね」

和真が言って、ベッドの上に体を起こす。

「僕でよろしいのでしたら、前向きに考えたいと思います」

「本当ですかっ？」

「ええ。まずは少しずつ、できることから――」

「そうですか！　あなたがそう言ってくださって、とても嬉しいです！」

シリルは笑みを見せて言って、ずいっと和真のほうに身を寄せた。

「そういうことでしたら、今この場で契りを結びましょう！」

「えっ？」

「少しずつできることから、絆を深めるのです。それには契りを結ぶのが一番です！」

「ちょ……、っと、待ってください？　……えっ？　契りって、もしやっ……」

「そう、交わるのですよ、体で！」

きっぱりと告げると、和真が目を丸くして固まった。

そういう反応になるのはわからないでもない。でも神官の花婿になるというのは、結局はそうするということなのだ。

「花婿と神官とは、そうやって絆を深め合うのです。抱き合うことで神官の魔力が維持され、傷ついたり疲労した体を癒やす効果もあります。正式な絆を結んで結婚すれば、私はあなたの子供を身ごもることもできるのですよ？」

「子供まで、ですかっ？」

和真が心底驚いた顔で言う。

その気持ちもよくわかる。だが実際、神官の家はそうやって子孫を残してきた。

「もちろん、そうは言っても、積極的に同性を抱くのは無理だということなら、それは仕方のないことです。何事も向き不向きというものがありますからね。そういう場合は……、これを使います！」

シリルは言って、ベッドの脇の壁にしつらえられた小さな戸棚の扉を開けた。

棚には大小いくつかのガラス瓶と、清潔なリネンが何枚か入っている。シリルはその中から、封がされた小ぶりなワインの瓶を取り出した。

中には赤茶色をした液体が入っている。和真がいぶかしげに訊いてくる。

「……ええと、それは……？」

「ワインに薬草が溶かし込んであります。これを使って、あなたを昂らせます」

「昂ら、せるって……、つまり、媚薬ということですかっ？」

「そうです。これを飲んでいただきさえすれば、あとは全部私がやります。あなたは何もしなくていい。簡単でしょう？」

「や……、ちょっと、待ってください、シリル！」

たじたじとシーツの上を後ずさる和真の脚をまたぎ、さらに身を寄せると、和真が慌てたように両手を顔の前に突き出した。

「全部やるって、本当に今すぐですか？」

「はい。お嫌ですか？」

「嫌、というか……、あなたはこれをしたことがっ？」

「あるわけないじゃありませんか！私の前に現れた花婿候補は、あなたが初めてなのですから！」

「そ、そんな力いっぱい、未経験とかっ……、わっ！」

和真がバランスを崩し、ベッドの上に倒れる。

シーツに手をついてのしかかると、和真が小さく首を横に振った。

「こんなのは駄目ですよ、シリル。絶対によくありません」

「なぜです？」

「セックスは、こういうものじゃないからです！」

セックス、というのは、和真の世界での性行為の言い方なのだろうか。妙にきっぱりとした口調に驚いて、一瞬黙って顔を見つめる。

すると和真が、優しく教え諭すように言葉を続けた。

「おそらくですが、男同士の行為に関しては、僕が昂ったらそれだけで万事上手くいくというものではないと思います。行為そのものも、あまりにも即物的すぎる。体と心はつながっているのだし、こんなふうに雑なセックスをしたら、心が傷つくのではないでしょうか？」

「心が、傷つく……？」

そんなふうに言われるとは思わなかった。

シリルとしては、これは神官として当然にすべきことだと考えていたし、するなら速やかに、なるべく負担なくできたほうがいいのではとすら思っていたのだ。

でも、こちらはともかく和真が傷つくと感じるのであれば、それは言ってみれば暴力と同じだろう。

いくらか焦りながら、シリルは言った。

「……申し訳ありません、和真。あなたがそう感じるとは思ってもみなかった。何も考えず迫ったりして、本当にごめんなさい！」

「シリル……」

「けれど、私はどうしたらいいのでしょう？　私が知っている知識はここまでなのです。こういうことの詳しい指南書があるわけでもないし、まさかおばあ様に訊くというわけにも……！」

「それには同意しますよ」

和真がうなずいて、少し考えるように小首をかしげる。

「しかし……、そうですね、男同士の行為に関しては、僕もやり方を知らないわけではないんですよね」

「そうなのですか？　試したことが？」

「いえいえ、それはないですが、様々な境遇の生徒を指導する中で、自分にもそのような性的指向があるのではと思って、いろいろと調べてみたことがありまして。だからある程度のことはわかるんですよ」

和真が、穏やかに告げる。

「僕は今まで、男性と性的な関係を持ったことはないです。でも、絶対に無理だというふうには感じていません。それはつまり、行為を行える素地があるということではないかと思うのです」

「お嫌では、ないということ？」

「はい。でもだからこそ、あまり雑にはしたくない。どうしてもこれをする必要があるのなら、媚薬など使わないで、お互いにいいやり方を探りながらしてみませんか？」

「いい、やり方を……？」

思いがけない提案に、戸惑いを覚える。

だが、和真の言うことは至極もっともだ。男同士の行為はお互い初めてなのだし、これから長く関係を続けていくのなら、納得のいくやり方をしたほうがいい。

今さらながらそう気づかされ、シリルはうなずいて言った。

「そう、ですね。いいと思います」

「では……？」

「私も、そうしてみたい。あなたがおっしゃるみたいに、してみたいです！」

「提案を受け入れてくれて、嬉しいですよ、シリル」

和真が少しほっとしたように言う。

「それじゃあ、ひとまず……、並んで横になってみませんか？」

「あ……、は、はい……」

今日はやめておいて、後日仕切り直しを、ということになるのかと思ったら、和真がベッドの奥側に仰向けに横たわったので、シリルはガラス瓶を元の場所に戻し、ベッドの手前側に身を横たえた。

和真のほうに顔を向けると、彼も首を動かしてこちらを向く。

お互いの顔を見つめ合って、しばしの沈黙が落ちる。

（……なんだかちょっと、恥ずかしい、な……？）

強引に迫っていた先ほどまではそんな感情はなかったのに、こうなってみると妙に気恥ずかしい。これから目の前の男と触れ合い、体をつなぐかもしれないと思うだけで、今まで感じたことのない恥ずかしさを覚え、頬が熱くなっていくのを感じる。

でも、不思議と怖くはない。こちらを見つめる和真の目が穏やかで、とても落ち着いて見えるからだろうか。

やがて和真が、ぽつりと言う。

「シリルは、とてもひたむきな方なのですね？」

「えっ……」

「それに潔くて、誠実で。今日初めてお会いしたのに、僕はあなたにとても好感を抱いていますよ？」

「そ、そうなのですか……？」

そんなふうに褒められ、好感を抱いているなんて言われると、なんだか照れてしまう。

ますます頬が熱くなるのを感じていると、和真が体ごとこちらを向いて、静かに続けた。

「でも、僕としてはほんの少しだけ心配でもあります。あなたはもしかしたら、知らず頑張りすぎてしまうタイプなのではないかと思えて」

「頑張り、すぎる？」

「周りの期待に必要以上に応えようとしてしまったり、誰かに助けを求めることが苦手だったり。特別な家に生まれ育った人には、よくそういう人がいますので。杞憂ならいいのですが」

「……和真……」

自分はまだ半人前の神官で、頑張りすぎているとも思えないが、和真の言葉に心の奥のほうがかすかに震えたのを感じて、ドキリとする。

両親を二歳で亡くしてから、ずっと育ててくれたリゼットも、アレオン家を庇護してくれているモルガンも、とてもシリルに優しく、愛情深く接してくれている。

神官としての力に目覚め、少しずつ召喚魔術を使えるようになると、二人ともそれを喜び褒めてくれたし、民たちからも崇められるようになった。

でも、シリルの心の内を心配してくれた人は、和真が初めてだ。今日出会ったばかりで、身の上を少し話しただけなのに、どうしてこんな温かい言葉を口にできるのだろう。

「和真は、お優しいのですね」

嬉しい気持ちを覚えながら、シリルは言った。

「私にそんなことを言ってくれたのは、あなただけですよ」

「あ……、すみません、つい、出すぎたことを言ったかもしれません。でも、好感を抱いているのは、本当ですよ？」

「疑ってはいません。刻印を見れば、わかります」

「え。……あ、色が……？」

和真のチュニックの胸元に覗く薄紅色の刻印が、先ほどよりも少し濃い色になっている。少なくとも、和真がシリルに好感を抱いているのは確かなようだ。

「私も、あなたのことをとてもいい方だなぁと思い始めています。不思議ですね。今日初めて出会ったのに」

シリルは言って、和真のほうに体ごと向き直った。

「……和真は、その……、女性を、知っているのですか？」

「一応、人並みには」

「男性とは、何も？」

「なかったですね」

「キスなどを、したこともですか？」

気になったことを順に訊ねると、和真がうなずいて言った。

「はい、ありません。あなたは？」

「さっきあなたとしたのが初めてです。ほかの誰とも、ないです」

「そうですか。でも……、あれは一般的には、キスのうちには入らないですよ？」

「え……」

「少なくとも、本物のキスではないです」

和真が言って、意味ありげな笑みを見せる。

「そうだ。じゃあどうでしょう、まずは本物のキスから、試してみるというのは？」

本物、という言葉にドキドキしてしまい、顔ばかりか頭まで熱くなる。

男とは初めてでも、和真はこういうことの経験があるのだと思うと、少し安心する。

こくりとうなずくと、和真がゆっくりとこちらに顔を近づけ、目を閉じながらそっと口唇を重ねてきた。

「ん……」

和真の口唇の温かさ、そして柔らかさに、小さく声が洩れる。

先ほど自分から口づけたときは、感触を確かめる余裕もなかったが、口づけられてみると、他者と甘美な接触をしていることがありありと感じられる。

思わずぎゅっと目をつぶると、和真がシリルの口唇を、ちゅ、ちゅ、と何度か優しくついばむみたいにしてきた。

甘い感触と音とに、うっとりしてしまう。

「……ぁ、っ……」

口唇の合わせ目を舌でぬるりと舐められ、びくりと背筋が震える。

舌は口唇よりもいくらか熱く、甘く潤んでいる。吸いつかれ、舐められるたびにシリルの口唇も熱っぽくなって、ジンジンと息づいていく。

するとどうしてか、体の芯のほうが熱を帯び始めるのがわかった。

これはいったいどういう反応なのだろう。キスで、体が目覚めていくみたいな……？

「ん、ぁ……」

閉じた口唇がかすかに緩んだところに、和真が舌先をねろりと差し入れてくる。

経験したことのない感触に、少し驚いたけれど。

「ぁ、ん……、ん、ンっ……」

温かくて肉厚な舌が、口腔に優しく出入りする。

上顎をなぞったり、歯列の裏側に触れたり、舌下をやわやわとまさぐったりと、和真の舌が動くたびに、シリルの息は甘く乱れる。

触れ合った部分から互いが溶け合うみたいで、とても心地がよかったから、シリルは思わず身を乗り出し、和真の胸にしがみついた。

自分も真似をして舌を差し出すと、和真がこちらの背中に手を回してわずかに身を寄せ、彼の舌をそっと絡めてきた。

「ん、ふっ、ぁ、ふ……！」

舌をぴったりと重ね合わされたり、裏側をざらりと舐め上げられたり、ちゅる、ちゅると口唇で優しく吸われたり。

ねっとりと味わわれるみたいな口づけに、背筋がしびれる。

水音と吐息とで耳もくすぐられたら、なんだかとても淫靡な気分になってきた。

(キスって、こんなにも、気持ちがいいものなのか……)

初めての、本物のキス。

想像していたよりもずっと濃密な触れ合いに、頭がぼうっとしてくる。

体の芯はますます熱くなって、心なしか下腹部のあたりにも熱が感じられる。

キスをしただけで身が昂り始めているのがはっきりとわかって、くらくらしてくる。

「……大丈夫ですか、シリル?」

ゆっくりとキスをほどかれ、顔を間近に寄せたままささやくように訊ねられて、ぼんやり和真の顔を見つめる。

大丈夫って、何がだろう。問い返そうとしたけれど、キスで口唇がジンとしびれ、舌ももつれてしまって何も言葉が出てこない。

でもキスはとても心地よかったし、気分もいい。むしろもっと続けてほしいくらいだ。どうにかそれを伝えようと、シリルはうなずいて言った。

「……だい、じょぶ、です」

「キスは、嫌ではなかったですか？」

「いや、じゃ、なかったです。きもち、よかった」

言葉を忘れてしまったみたいに、たどたどしく言うと、和真が笑みを見せた。

「それなら、よかったです。もっとあなたに、触れても？」

「う、ん……」

どうかそうしてほしいと、腹の底から思い、和真のチュニックの胸の部分をぎゅっと握ると、和真がまた口唇を重ねてきた。

そうしながら背中に回した手で、腰や、尻のあたりまで、そっと撫でてくる。

衣服越しでも彼の手がふっくらと柔らかく、温かいのがわかって、それだけで胸が高鳴ってしまう。

(気持ちが、いい。本当に)

誰かとキスするのも触れられるのも、これが初めてなのに、たまらなく心が安らぐ気がする。やはり和真が、花婿だからだろうか。

和真の真似をして、シリルも彼の背に腕を回し、手でそっと背中をなぞってみる。

チュニックの上から触れているだけだが、和真の背中は温かく、思ったよりも広い。背骨の左右には引き締まった筋肉が、背中から腰までぐっと盛り上がっているのが感じられる。肩のあたりの筋肉はいくつかの房のようになっていて、腕の太い筋肉へと続き、彼の手がシリルの体を優しくまさぐるたび、みしりと動くのがわかる。

違う世界からやってきた花婿の、力強い体。

ほんの何時間か前までこの世界にはいなかったのに、今は確かにここに存在していることに、何やら新鮮な驚きを感じる。

服の上からでなく、直接肌に触れたら、どんな手触りなのだろう。彼のふっくらした手で素肌を撫でられたら、もっと気持ちがいいのだろうか。

「……んっ……」

キスをしたまま体を抱き寄せられ、下腹部が重なる。

互いの欲望の兆しを感じたから、思わず息が乱れた。

シリルも一応若い男なのだが、性的な欲望が薄いほうなのか、自分でそこに触れることはあまりなかった。

でも、口づけ合い、体に触れ合って心と体が高まっていけば、ここはそれだけでこんなふうになるものなのだ。媚薬を使って即物的に結び合うことを、和真が雑だと言った意味が、徐々に体でわかってくる。

「服を、脱いでみましょうか」

「は、い」

衣服越しに触れ合うのをもどかしく感じ始めたところで、和真がそう言ってくれたので、もぞもぞと服を脱ぐ。

シリルはやせ形で華奢なほうなのだが、和真は想像していたよりも体が大きく、それでいて引き締まった、均整のとれた体つきをしていた。

欲望はやはり二人とも形を変えていて、心身の昂りが目で見てわかる。

目の前の男性――花婿として召喚され、仮の絆を結んだ相手である和真と、体でつながりたい。

こんなにもはっきりとした、露骨な性欲を感じたのは初めてだ。それを伝えていいのかわからず、戸惑っていると、和真がどこか甘い声で言った。

「あなたは、とても綺麗だ」

「そ、な、こと」

「ごらんのとおり、僕もとても昂っていますが、あなたのお気持ちはいかがですか。このまま、続けてもいいと感じていますか？」

遠慮がちに訊ねられ、こちらこそ見てのとおりなのにと少し焦れたけれど、こうしてあえて訊ねてくれるのは、和真の誠実さの表れなのかもしれない。

シリルはうなずいて言った。

「……続けたい、です。あなたと、もっと触れ合いたい」

「よかった。私もです」

「ぁ……、ん、あ……」

裸の体を抱き寄せられ、大きな両手で素肌を撫でられて、知らず小さく声が洩れた。

想像したとおり、直接体に触れられるとそれだけで感じてしまって、ビクビクと体が震える。こちらからも彼に抱きつき、体をぴったりと重ねると、彼の皮膚の温かさが直に感じられ、思わずほう、とため息が出た。

無意識に脚を開き、彼の腰に脚を絡ませたら、互いの下腹部が重なった。

シリル自身に重ねられた彼自身の熱とボリュームとに、ドキドキしてしまう。

「あ、ぁっ、は、ぁ……」

和真がシリルの耳朶や首筋、鎖骨のくぼみのあたりに順に口づけながら、腰を揺すって欲望をこすり合わせてくる。

肌にキスを落とされる心地よさと、欲望をこすられて感じる悦びとで、意識がぐるぐるとかき回される。

誰かに快感を与えられるのは初めてだけれど、こんなにもいいものだとは思いもしなかった。自分からも腰を揺すって応えると、和真が顔を上げて訊いてきた。

「……気持ちが、いいですか？」

「い、い、ですっ」

「こうしたら、もっと？」

「あっ、ぁあ、ん、んっ」

手のひらで欲望を包むように握られ、ゆっくりとしごかれて、声のトーンが上がる。

自分で触れることも少ないのに、人の手でこんなふうにされているのだと思うと、ひどく淫らな感じがするけれど、嫌な気持ちはまったくしない。

ふふ、と小さく笑って、和真が言う。

「あなたのここも、ツンと勃ってきた。とても可愛いですよ？」

「ぁんっ、あっ、そん、なっ」

シリルの欲望を手で愛撫しながら、左右の乳首をちゅく、ちゅく、と交互に口唇で吸い立ててきたから、身悶えしてしまう。

胸の突起が知らぬ間にきゅっと硬くなっていたようだが、たとえそうなっていたとしても、わざわざ自分で触ってみたりしたことはなかった。

どうやら欲望だけでなく乳首も、シリルの感じる場所のようだ。

そこを軽く吸われるだけで背筋に快いしびれが走るだなんて、まさか思いもしなかった。

「は、ぁあっ、和真っ、ああ、ああっ」

気持ちのいいところを同時に刺激され、腹の底がきゅうきゅうと収縮し出す。

これはたぶん、射精感だ。

こらえなければと焦ったけれど、和真の前で達してしまう恥ずかしさよりも、このまま気持ちよく出してしまいたい欲望のほうが強くて、とても我慢できそうもない。

手の動きに合わせてはしたなく腰を揺すったら、あっという間に放出の気配がしてきた。

胸を舐る和真の頭にすがりついて、シリルは告げた。

「ひ、ぅっ、達《い》、きますっ、もうっ……！」

腹の底で快感が爆ぜ、頭の中が真っ白になった瞬間。

和真の手の中で己自身がビンと震え、切っ先から生ぬるい蜜液があふれ出てきた。

腰が小さく何度も跳ね、そのたびに蜜が腹の上に広がるのを感じる。

この感覚を味わうのはどれくらいぶりだろう。

前がいつだったのかももう覚えていないけれど。

（す、ごい……、ぜんぜん、違う……）

和真の手で達した頂は、自分でそうしたときよりもずっと気持ちがよかった。

それは彼が花婿であるせいなのか、それとも仮の絆を結んだからなのか。

理由はよくわからないが、ピークを過ぎ、吐精が収まっても、劣情が静まらない。もっと気持ちよくなりたいと、ますます欲望が高まってくる。

こんなことは初めてだ。

「たくさん出ましたね、シリル。もしかして、久しぶりだったのですか？」

和真が顔を上げ、手元を確かめてから訊いてくる。

どうしてわかるのだろうと驚きつつも、シリルはうなずいて答えた。

「……は、い……」

「あまりご自分で触れたりは、なさらない？」

「しない、です……、ほとんど」

「そうですか。じゃあこれからは、僕がたくさんよくしてあげなくてはね。こんなに感じやすいのに、悦びを愉しまないなんてもったいないですから」

和真が言って、先ほどの戸棚を開け、中からリネンを取り出してシリルの腹を拭う。

自分が感じやすいだなんて、想像してもみなかった。

だが、キスをして服の上から触れ合っただけで昂って、手でしごかれたらすぐに達しててしまうのだから、本当にそうなのかもしれない。

ひどく恥ずかしい気もするけれど、和真はそれをいいことだと思っているふうだし、悦びを愉しむなんて、自分では思いつきもしない発想だった。

やはり「うつし世」から来た、この世界にとっては異物である花婿は、神官の自分を今までとは違う新しい自分へと導いてくれる存在なのかもしれない。

そんなことを考えながら悦びの余韻に浸っていると、和真がシリルの汗ばんだ額にちゅっと口づけて、確かめるように訊いてきた。

「さて、どうしますか、シリル。今日はこのあたりでやめておきますか？」

「……え……」

「お互いに体が反応することはわかったのです。それほど事を急く必要はないかもしれない。こうやって少しずつ、触れ合うことに慣れていくのでも……」

「いえ、したいです！」

思わず言葉をかぶせるように言って、シリルは震える声で続けた。

「あなたと、今すぐ、最後までしたいです……。どうか、お願いしますっ……」

信じがたいほどに直截で、あまりにも大胆な言葉を告げた自分に、我ながら驚いてしまう。

和真もそう感じたのか目を見張ってこちらを見るが、それはシリルの本心だった。

今日初めて出会ったのにとか、普段自慰すらしていないのにとか、気後れするところはあるのだが、本能のような情動が働いて、シリルを突き動かしている。

ここで彼と結び合うことが、運命ででもあるかのように。

「私は生まれたときからずっと、神官として生きてきました。ひたすら待っていたのです、花婿が現れるのをっ」

「シリル……」

「私の体が、あなたを求めているのです。もしもお嫌でないのでしたら、どうか私を抱いてください……！」

哀願するみたいに言って、おずおずと和真の胸にすがりつく。

胸の刻印に頬を寄せると、和真の心拍がトクトクと力強く聞こえた。

この体と一つになりたい。強くそう感じていると、和真が静かに言った。

「……わかりました。あなたがそうおっしゃるのなら、やってみましょうか」

目を見つめ合って、同意を確認するようにうなずき合う。

次にすべきことを考えて、シリルはいったん和真から身を離し再び戸棚を開けた。

使わなかった媚薬の瓶の脇にある、薄い黄色の液体が入った瓶を取り出し、ふたを開けると、花を煮詰めたようなねっとりとした匂いがした。

「それは、オイルか何かですか？」

「香油です。これを使って、私の後ろを……、その……」

「ああ、わかります。貸してください」

「えっ？」

「僕がほどいてあげますよ。うつぶせになって、お尻を上げてごらんなさい」

てっきり自分でするものだと思っていたので、一瞬意味がわからなかったが、和真はさっとシリルの手から瓶を取り上げ、横になるよう身ぶりでうながす。

半信半疑ながらもうつぶせに寝そべり、膝をついて腰を突き出すように持ち上げると、和真が手のひらに香油を垂らして、そっと狭間に触れてきた。

「……ん、ンっ」

自分の体の中で最も秘められた場所を指で探られ、肌が粟立ってしまう。

慣れぬ感触に冷や汗が出たけれど、触れられると背筋にビンとしびれが兆すところをみると、そこもいくらか感じる場所であるようだ。窄まりをくるくると指の腹でなぞられたら、息が乱れてきゅっと締まってしまう。

でもつながるところなのだから、それでは固く閉じたままかもしれないと思い、なるべく力を入れぬようにとつとめていたら、やがて和真が言った。

「あなたのここ、とても柔らかくなってきた。中は、どうでしょうか」

「あっ！　ぅ、ふ……！」

香油でぬるりとぬめる指が後ろに沈められ、中を優しくかき混ぜてくる。

これもまた、経験したことのない感触だ。硬い指で内側をなぞられると異物感があったが、和真が香油を注ぎ足して中にたっぷりと施すと、それほど気にはならなくなった。

柔襞を丁寧にほどかれ、もう一本指を挿《い》れられても、ひきつる感じなどはない。

指を二本そろえてゆっくりと出し入れしながら、和真が言う。

「中もとても柔らかい。痛みなどは、ありませんか？」

「平気、ですっ……、ぁっ、あぁっ」

和真が中に指を挿れたまま手のひらをくるりと翻したから、肉壁をこすられて、妙な声が出た。指の先で内腔の前壁を探っているようだが、いったい……？

「は、ぁあっ！」

「ここ、いい？」

「い、いですっ！　そこ、なん、で……？　あぁ、あっ、あっ」

和真が探り当てたくぼみを指でまさぐると、そこにありえないくらいの快感が走って、腰がビクビクと跳ねた。恥ずかしい声も止まらなくて、いったい何が起こっているのかとうろたえてしまう。

するとと和真が、どこか秘密めかした声で言った。

「ここが、あなたの悦びの泉なのですね」

「っ……？」

「忘れずちゃんと覚えておきますよ。ここを愛してあげられるのは、花婿だけだと思いますから」

「……あ……っ」

後ろからするりと指を引き抜かれて、後孔がヒクヒクと淫靡に震えた。

まるで物足りなさを感じたみたいな動きに、体がかあっと熱くなる。

「そろそろ、つながっても大丈夫ではないかと思います。このまま、あなたの中に入ってても？」

「……は、い……、お願い、しますっ……」

腰を持ち上げたまま答えると、和真が香油を双丘の挟間に垂らし、彼自身にも垂らした。

そうしてシリルの背後に膝をつき、腰を引き寄せて告げる。

「苦しくなったら、ためらわず言ってくださいね。いつでもやめますから」

「はいっ……、んっ、ぁ、あっ……！」

ほどかれた後ろに硬いものをあてがわれ、柔襞を広げながらぐっと中に押し込まれて、喉奥で悲鳴を上げる。

硬く勃ち上がった和真の雄。

指などよりもずっと嵩があり、信じられないほど熱い。

先の部分なのか、まずは大きな肉塊がぐぷっと中に入る感覚があり、続いてゆっくりと幹がつながれる。

まるで熱した楔を打ち込まれているみたいで、体は大丈夫なのだろうかと少し怖くなるけれど。

（一つに、なってる。和真と、一つにっ……）

恐れ以上に、花婿と一体になっているという高揚感が強い。

和真が腰を使ってじわじわと入ってくるのにつれ、すさまじい圧入感に冷や汗が出てくるけれど、一体になる感覚もさらに増して、やがてたとえようもないほどの充足感が腹の底に満ちてきた。

この身を貫く肉杭は、待ち焦がれていた花婿のもの。ようやくこの世界に来てくれた定めの相手のものなのだと、シリルの体はそう感じている。

まるで二人が、最初から一つだったかのような……。

「……ああ、なんだか、不思議な感覚だな」

シリルの中に己を沈めながら、和真が言う。

「こうしていると、まるでずっと昔から、あなたとこうなることが決まっていたみたいな気がしてくる。あなたの匂いや温かさを感じて、あなたの中に入っていくだけで、どうしてか胸が震えて……。こんなこと、初めてだ」

「和、真……！」

「この世界で、僕はちゃんと生きているのだと……、あなたと会うために死に、そしてここに来たのだと、そんな気がしてきますよ」

(和真、そんなふうに……？)

「うつし世」からこの世界に、召喚によってやってきた花婿。

生きた人間をそのまま召喚したり、どこか違う世界へ送ったりすることは、召喚の禁忌に触れる行為だから、花婿は皆、必ず一度死を経験している。

神官として、そういう仕組みなのだということは知っていても、どういう感じなのかはわからなかったので、和真の言葉がとても新鮮に聞こえる。

体をつないでいくのに従い、和真もシリルと同じような感覚を抱き始めているようで、それも新鮮な発見だ。

二人が一つになることが、ずっと昔から決まっていたような感覚。

今までに味わったことのない心身の状態に、気持ちが少しついていかないところもあるが、少なくとも、ここでやめてしまうのはもったいない気がする。

やがて双丘に和真の下腹部が押し当てられたから、すべて収められたのだと察した。

そのまま和真が上体を倒し、シリルの首の後ろのあたりに口づけて訊いてくる。

「苦しくは、ないですか」

「は、いっ」

「あなたの中、とても温かいです。優しく包み込まれているみたいだ」

ふう、と小さく息を吐いて、和真が言う。

「少しずつ、動いていきますよ。痛かったり苦しかったりしたら、言ってくださいね？」

「はいっ……、ん……、ぁ、あ……！」

ゆっくりと穏やかに、和真が中で行き来する。

肉筒をこすられるざわりとした感触に、怪我でもしたらとまた少しひやりとしたけれど、香油のおかげか痛みなどはない。

くぷ、くぷ、と小さく音を立てて何度も出入りするのに従い、シリルの中が動きに慣れ、内奥のほうまで肉襞が柔らかく押し広げられていくのがわかる。

「すごい……、どこまでも深く、あなたの中に引き込まれていくみたいだ」

和真が背後から、吐息交じりの甘い声で言う。

「少し、体を起こしてみましょうか」

和真がシリルの上体を抱いて、つながったままそっと体を起こさせる。

すると――――。

「ん、ぁっ」

「あっ、すみません、つらかったですか？」

「い、え、そう、ではっ……、ぁ、あっ」

上体を起こしたためか和真が当たる角度が変わり、彼が動くととても快い感覚が広がるようになった。

それをもっと味わいたくて、和真の律動に合わせて腰を揺すると……。

「あっ！　あ……、そ、こっ」

「ここ？　こうすると、いい？」

「ぁあ、あっ、は、あっ」

どうやら、先ほど指でなぞられたあたりのようだ。

雄の切っ先で内腔の前側をそっとこすられると、そこにいい角度で当たって快感がじわりと広がり、腰が甘くしびれるのだ。

「なるほど、ここですね。そんなにも、いいのですか？」

「う、んっ」

「可愛い声だ。もっと聞かせて？」

「ぁん、あっ、ああ……！」

和真にそこを何度も優しく撫でられ、はしたない声が止まらなくなる。

可愛い声だなんて言われるのはひどく恥ずかしいけれど、シリルが反応を見せたら、和真の動きもいくらか大胆になり、徐々に抽挿の深度や速度が増し始める。

彼の動きに応じるように腰をしならせると、肉の杭と襞とが、まるで溶け合ったみたいにぴったりとはまっていくのがわかった。

「あっ、ぅ、ああ、はあっ」

密着した熱棒と肉筒とが、きつくこすれ合う。

そのたびに凄絶なまでの喜悦が背筋を駆け上がり、全身がビクビクと震える。

あまりの快感に、何やら現実感が薄れてくるけれど、これは夢などではないのだ。花婿は確かにここにいて、自分を抱いてくれているのだ。

「はっ、ああっ、ぃ、いっ、き、もち、いいっ……！」

もはや己を保つこともできず、淫らな悦びの声を上げる。

シリルの肉筒はすっかり蕩けて、悦びを味わおうとするみたいに肉杭に絡みついている。

触れられてもいないのにシリル自身からはまた透明な蜜がこぼれて、たらたらと滴っている。

初めての行為で、まさかこんなにも乱れてしまうなんて思いもしなかった。

花婿との肉の快楽が、ここまでのものだなんて――――。

「くっ、なんて感触だ。あなたに、搾られるようだ……！」

和真が苦しげに言って、シリルの上体を抱え直す。

彼も快感を覚えているようで、息が大きく弾み始めている。

その激しい息づかいに煽られるように、腹の底でまた頂の気配が兆してきた。

できるなら、このままともに達き果てたい。

シリルは首をひねって和真を振り返り、うわずった声で告げた。

「和真っ、いいっ……、すごく、いいですっ」

「僕もです。でもすみません、僕は、もうっ……！」

「いいんです。そのまま、私の中で、果ててっ」

「……っ、しかし……！」

「どうかお願いしますっ。私に、あなたのものを注いでくださいっ」

あけすけな哀願に、和真の顔にはためらいの色が浮かんでいるが、それとは裏腹に和真自身は中でぐんと嵩を増す。

まなじりを涙で濡らしながらうなずいてみせると、和真がきゅっと眉根を寄せて、そのままラッシュをかけてきた。

激しい動きに一気に悦びの高みへと追い立てられ、シリルの腹の奥で大きく熱が爆ぜる。

「あぅうっ、はぁ、あぁあっ！」

ぎゅう、ぎゅう、と後ろで和真の幹を食い締めながら、シリルが絶頂を極める。

欲望をしごかれて達したのとは比べものにならないほどの、壮絶な快感。

ガクガクと腰を揺らしていると、和真がたまらぬ様子でああ、と悩ましげな声を洩らす。

そうして大きな動きで何度か最奥を突いてから、くっと息をのんで動きを止める。

「……あっ、あ、ぁ！」

シリルの腹の底に、熱くてどろりと重いものが放たれる。

ぴしゃ、ぴしゃ、と何度も白濁が跳ね飛ぶ感触に、知らず涙があふれてくる。

うぶな体を花婿に開かれ、彼のものを注がれたのだと思うと、それだけで恍惚となってしまう。

（これで私も、一人前の神官に、近づけただろうか……？）

愉悦の余韻と花婿との交合を果たした安堵とで脱力しながら、シリルはぼんやりとそんなことを考えていた。

◆◆◆

（……まったく、なんてことだ……）

ろうそくが一本だけともされた奥の間。

分不相応なくらい大きなベッドの上に横たわって、和真はまんじりともせずに天井を見上げていた。

東京近郊で中学教師をしていたつい先日までの自分は、どうやら死んだらしい。

けれど天国にも地獄にも行かず、まったく別の次元にある「狭間の世界」のエルヴェ国に召喚され、死ぬ前とほぼ同じ状態のまま転生を果たしていた。

まるで初めからこの世界の者であったかのように言葉を聞き、話すことができるのも驚きだったが、先ほどシリルにすすめられてこの部屋の書棚の本を一冊二冊取り出して確認してみたら、どうやら文字も読むことができ、王立大学の学生が読むような古語で書かれたものまで理解できるようだった。

まずもって、そんなことが現実に起こるなんて信じられないことだし、仮にも歴史を教えてきた教師としても、まったく受け入れがたい話だった。

でも和真は、神官や騎士、王族という、ほとんどファンタジー小説の登場人物みたいなこの世界の住人たちと現実に出会い、普通にコミュニケーションを取れていたし、まさかの決闘までしたのだ。

否、そればかりでなく――――。

（セックスしてしまったなんて……。今日初めて出会ったばかりの、しかも男性の、この美しい人と……！）

重い罪を犯したみたいな気分で、ゆっくりと顔を横に向ける。

和真のすぐ脇で、シリルがすやすやと眠っている。

ろうそくの明かりにぼんやり照らし出された、可憐な寝顔を見ていると、自分のしたことは大変な過ちだったのではないかと、今さらのように焦ってしまう。

『ひたすら待っていたのです、花婿が現れるのを』

『私の体が、あなたを求めているのです』

シリルはまるで哀願するようにそう言って、和真を求めた。

自分が女性だけでなく男性にも性的欲望を覚える人間であることにはうすうす気づいていたし、性交を求めるシリルの姿があまりにもけなげで、触れ合った体にもなんとも言えない不思議な親しみを感じるところがあったから、気づけば和真は、夢中で彼に応えていた。

だがそれは、ただ欲情に目をくらまされていただけではないのか。

あるいは、生まれついた家の呪縛から逃れることのできない、この美しく清らかな青年を助けることで、自分の至らなかった過去を償いたい、突然終わってしまった自分の「うつし世」での人生を少しでも意味のあるものにしたいというような、醜悪で浅はかな願望が、そこにはなかったか。

冷静に己を振り返ると、そんな考えばかりが浮かぶ。

(でもこの人は、民たちのために生きると言った)

誰かの期待に応えること。人のために生きること。そのために自分のすべてをかけ、全力を尽くすこと。

どれも尊い行いだと、和真もずっと思ってきた。

一方で、そんなものは独善なのではないかと、和真は心の隅でそうも思っていた。人は誰も救いえない、救えるだなんて思い上がりだと、ときには嘲笑う声までも聞こえていた。

だから、まだ二十歳そこそこのシリルが生まれながらの使命を受け入れ、迷いなく理想を抱いて生きる人なのだと知って、それだけで胸をぐっとつかまれたのだ。

今にして思えば、ほとんど社畜のように働いていたのは、理想を否定する内なる声から逃げるためだったのではないかと、そんな内省すらしてしまうくらいに。

「ん……」

シリルが小さく身じろぎする。

何か夢でも見ているのか、閉じた瞼の下で眼球が動いているのがわかる。

長いまつげは艶やかで、口唇はふっくらと張りがある。顔立ちはまだあどけなくも見えるが、どこか凛とした気高さのようなものも感じさせる。

美しいシリルの寝顔を眺めていたら、彼のためにできることは、なんでもしてあげたいような気持ちになってきて……。

(一目惚れっていうのかな、こういうのも)

運命なんて、今まで考えたこともなかった。

だが過労で倒れて終わった命が、魂が召喚されたことによってからくも救われたのだ。もしもこれが恋の始まりならば、身を任せてみたい気もする。そうすることが人のためにもなるのなら、なおのことそうだ。

神官の花婿として、まずはここで生きてみよう。

和真はそう思いながら、ゆっくりと目を閉じた。

◆ ◆ ◆

「……ん……」

翌朝、シリルは奥の間のベッドで目覚めた。

寝ていた場所が私室ではないことに一瞬違和感を覚えたが、すぐに昨日の濃密な行為を思い出す。

だが大きなベッドにはシリル一人しかいないし、窓から入り込む日の光はずいぶんと高い。

もしや寝過ごしてしまったのか。

「うぅっ……」

いつもの調子で体を起こしたら、腰に甘苦しい痛みが走った。

こんな痛みは初めてだから、これはたぶん、昨日の情事の名残なのだろう。

昨晩、初めての行為が終わったあと、和真がてきぱきとベッドを整えて体を丁寧に拭ってくれている間に、シリルはほとんど気を失うように眠ってしまった。

意識を手放す直前に、和真が何か甘い言葉を言ってくれたような気がするけれど、夢かうつつかよくわからない。

でも彼がシリルの花婿になることを受け入れてくれたのは間違いなく、シリルの今の体調や気分もとてもいい。

少々強引ではあったが、召喚早々彼と同衾できたのは、まずはよかったのかもしれない。

とにかく起きて、和真と話そう。そして昨日のことを、リゼットにも報告して……。

「……？　おばあ様が、笑ってる？」

どうにか歩けそうだったので、腰をさすりつつ身づくろいをしていると、リゼットの笑い声が耳に届いた。

『いやあ、あんたは面白いね！　こうも理解が早いと、あたしも話しがいがあるってもんさ！』

部屋を出て階下にあるサロンに行こうと階段を下りていくと、リゼットが誰かと楽しげに話している声が聞こえてきた。

誰か客でも来ているのだろうかと、サロンを覗いてみると。

「あ、和真……？」

「……ああ、おはようございます、シリル」

サロンの大きなテーブルに、和真がリゼットと差し向かいで座っていて、シリルに気づいて声をかけてくる。こちらに背を向けて座っているリゼットが、振り返って笑みを見せる。

「おや、ようやく起きてきたね。よく眠っていたこと！」

「寝過ごしてしまい、すみません、おばあ様。さすがにもう、朝食はお済みですよね？」

「とうに済んでいるよ、花婿殿と一緒にね」

リゼットが呆れたように言って、ふふ、と笑う。

「でもいいんだよ、シリル。最初のときは皆、朝は起きられないもんさ。どれ、こっちに来てよく顔をお見せ！」

「……？　はい」

毎日顔を合わせているのに、急によく顔を見せろだなんてどうしたのだろうと疑問に思いつつも、言われるままテーブルに近づく。

テーブルの上には、なぜか地図や歴史書、古い文献などが置いてある。

二人で朝からいったい何をやっていたのだろうと当惑していると、リゼットがシリルの顔を見て、感嘆の声を上げた。

「……おお……、なんと新鮮な気がみなぎっていることか！　肌艶は申し分なく綺麗だし、瞳も甘く潤んでいるじゃないか！」

「そ、そうですか？　でも、私は特に何も……」

「己自身ではわからないもんさ。でもあたしから見れば一目瞭然だよ。人間の男を知って、なまめかしいほどの色香を漂わせてるからね！」

「なっ……！　なんてことを、おっしゃってっ……」

花婿と同衾したことで、まさかそんなふうに言われるなんて思わなかった。

自分ではまったく自覚がないだけにとてつもなく恥ずかしくて、赤面してしまう。

それに気づいたのか、何かとりなそうとするように口を開きかけた和真に、リゼットが深々と頭を下げて言う。

「あんたのおかげだよ、和真。シリルの花婿になってくれたこと、心から感謝している。何度でも礼を言わせておくれ！」

「そんな、お顔を上げてください、リゼットさん！　そう……、よろしければ、どうか話の続きをお聞かせ願いたい。『狭間の世界』の歴史は、大変興味深いです」

和真がなだめるように言って、リゼットの顔を上げさせる。

どうやらリゼットは、テーブルに並べられた書物を使って和真にこの世界の歴史や召喚魔術について話して聞かせていたらしい。

でも、人に講釈をし始めるとリゼットの話は際限がなくなる。シリルは気づかうように言った。

「おばあ様、和真は昨日ここに来たばかりなのですよ？　歴史の話はおいおい……」

「あえて先延ばしにする必要はないよ。召喚されてきたときから話し言葉を理解できていたから、もしやと思ったら、どうやら和真は文字も読めるようだ。しかも今のものだけでなく、古語までもね！」

リゼットが目を輝かせて言う。

「花婿のこの世界での知性っていうのはね、元の世界での教養の度合いに応じて変わるんだよ。和真は『うつし世』で、教師になるための大学を出ていて、それから趣味で……、ええとなんといったっけ？」

「ラテン語、ですかね？」

「そう、それだ！　今は使われていない大昔の古語を、独学で学んだんだそうだよ。その上武術まで体得していて、あのジェラルドを負かしたそうじゃないか！　これほどの男を召喚できたんだから、あたしの能力もまだまだ捨てたもんじゃなかったってことだね！」

手のひら返しのようなリゼットの言い草に、少しばかり呆れてしまう。

当初はもうろくしたなどと言って、和真を召喚したのが失敗であるかのように言っていたのに、もうすっかり自信を取り戻しているようだ。

でもそうはいっても、昨日はそれこそ決闘騒ぎもあったし、半ば強引に同衾までさせてしまった。シリルはなおも気づかって、和真に言った。

「でも和真、もしもお疲れでしたら、続きは別の機会にでも……」

「いえ、大丈夫ですよ。私は歴史の教師でしたので、こういうお話はいつまでも聞いていられます。これからは花婿としてあなたのお手伝いをすることになるわけですし、知識はちゃんと頭に入れておかないと」

「これは嬉しいことを言ってくれるね！　じゃあ続きを話そうか。どこからだったかね？」

リゼットが上機嫌で古い文献を開き、話し始める。

なんだかすっかり打ち解けて、まるで普通の花婿と姑のようだ。

和真が話を聞きたいと言うのだから、これ以上シリルが気づかうこともないだろう。

シリルは少し安心して、サロンの奥の長椅子の傍に置かれた、ティーセットの載ったワゴンに近づいた。

熱い紅茶をカップに注ぎ、添えられた焼き菓子と一緒にいただきながら、リゼットの話を興味深そうに訊いている和真の横顔を、ちらちらと盗み見る。

召喚されてきたときは髪は乱れていたし、無精ひげも生えていて、何かこう、もっさりとした印象だった。

でもきちんと身なりを整えてみれば、顔立ちは秀麗で物腰は穏やか、知性と優しさと男としての強さとを兼ね備えたとても素敵な男性だった。

今のところ、花婿としては申し分のない人物だと思う。

（あんなにも丁寧に、抱いてくれたし……）

昨日の行為を思い出し、知らず頬が熱くなる。

男性とするのは初めてだと言っていたのに、和真はほとんどなんの問題もなくシリルの願いに応え、「処女」の体を開いてくれた。

これからはたくさんよくしてあげなくては、などと言ってもくれたし、こんなことを思うのははしたないかもしれないが、なんとなくこの先が楽しみな気がしてしまう。

「……なるほど、そういうことでしたか。つまりは寿命の長さの違いが、隣国との交流が途絶えてしまった原因なのですね？」

隣国とエルヴェ国との歴史について、和真が訊ねる。

確か昨日、和真はシリルにも隣国の話を訊いてきた。エルヴェ国に住んでいると、交流のなくなった隣国のことを気にする者はあまりいないのだが、これは「うつし世」から来た者独自の視点なのだろうか。

リゼットがうなずいて言う。

「そういうこった。エルフの国も獣の国も、かつて共闘して魔族を封印した戦勝の記念に、今でも数十年に一度贈り物をよこすんだが、彼らは七、八百年は長生きするんだよ。対して、人間の命は長くてもせいぜい百年が限度だ。王が何代か代わったところで返礼の伝統も途絶えたというわけさ。言葉も変わってしまっているしね」

「しかし、それは長い目で見れば、あまりよいことではないのではありませんか？　エルヴェ国の平和を末永く維持するためには、せめてほんの少しでも、交流を続けるべきだと思いますが」

和真の言葉に、リゼットが目を輝かせて同意する。

「あんた、いいことを言うね！　さすがは花婿殿、外交にも通じているとは！　もしや『うつし世』の歴史でも、そんなことがあったのかい？」

「僕は、かつて長く『鎖国』を貫いていた国で生まれ育ったのです。長い太平の世が続いたあとに、ある日突然自国よりもはるかに文明の発達した国に開国を迫られ、不利な条約を押しつけられた歴史を知っているので、少々気になってしまって」

「そうだったのかい。そういう話は、国王陛下はもちろん、最近は学者たちもあまり興味がなくてね。モルガン殿下なら興味を持ってくださるかもしれない。一度お話ししてみるといいよ。いつぞや、陛下の隣国への無関心ぶりを嘆かれていたこともあったからねえ」

リゼットが首を横に振って言い、はあ、とため息をつく。

すると和真が、ふと思い出したように訊いてくる。

「そういえば、昨日シリルから聞いて気になっていたのですが、あなた方神官は、なぜ国王陛下に疎まれているのですか？」

「……っ……」

「モルガン殿下に対しても、神官とは話さないとかなんとか、そのようなことをおっしゃっていましたよね？　どうしてなのです？」

（和真は、疑問に思ったことはそのままにしておかないたちなのだな）

人にものを教える教師という仕事は、そういう人にとても向いているのかもしれない。

しかし、それは至ってまっとうな質問だ。

直接のきっかけは二十年前の召喚事故だったのだが、あの事故に関することは、厳重なかん口令が敷かれている。

なんと説明しようと考えていると、リゼットがあいまいな笑みを見せた。

「魔族が異空間に封印されて数百年が経って、今はもう、召喚魔術の時代ではないといわれて久しい。国王陛下もそう考えておられるというだけのことさね。でも、神官のつとめは何も戦いばかりではない。少なくとも民たちは、そう考えてくれている」

リゼットが言って、こちらに目を向ける。

「シリル、今日はどこに出向く予定だったかね？」

「ええと……、南方にある小さな村々に。婚礼の宴と、祭りがありますので」

「ちょうどいい、和真をつとめに連れていっておやり。実際に見てもらうのが一番だからね」

「それはいい考えですね、おばあ様。和真、よろしいですか？」

「もちろん！　ぜひ同行させてください」

和真が目を輝かせて答える。シリルは紅茶を飲み干し、まずは遅い朝食をとろうと立ち上がった。

その日の午後、シリルは和真を連れて、アレオン家の屋敷から南方に馬車で一時間ほどのところにある小さな村に赴いた。

目的の場所は、その村のある地域一帯で崇められている、豊穣の女神の神殿だ。

広い前庭で執り行われる村の顔役の娘の結婚式に列席し、神官として祝福を授けるためだ。

フィルマン国王には冷遇されているものの、「うつし世」から伴侶を迎える神官は幸せな結婚の象徴的な存在なので、こうして呼ばれていくのが日常だ。

「――――豊穣神の深き慈悲と尽きることのない恵みにより、ここに新郎と新婦を夫婦と認める。神官殿、どうか二人に祝福をお授けください」

「……承知いたしました」

シリルは入り口に並び立つ祭司に答えて、神殿から前庭に続く階段を下り、祭壇の前に並んで立っている新郎と新婦の前に立った。

二人と、彼らの後ろにいるたくさんの列席者たちに一礼をしてから、両の手のひらを開いて腕を大きく広げる。

青空に魔法陣が描かれ、「うつし世」につながる丸い穴がゆっくりと開いていく。

「わぁ……」

「まあ！」

前庭に降り注ぐ美しく香りのいい花々と、ひらりと舞い飛ぶ見事な色の蝶。

そして歌うようにさえずる真っ白な小鳥たち――。

「うつし世」から召喚されてくるそれらは、皆幸せな婚姻の象徴といわれているものばかりだ。花や蝶は祭りの場などでも喜ばれるが、つがいの小鳥は結婚式の祝福の儀式では特に好まれる。

列席者はもちろん、新郎と新婦までもが魅了されたように空を見上げ、皆が結婚の喜びに包まれているこの光景は、いつ見ても温かい気持ちになる。

花婿の召喚は王宮以外ではまだ知られていないので、騒がれぬよう前庭の後方にひっそりとたたずんでいた和真も、驚嘆したように目を見開いている。

今のところシリルのつとめは、こうしためでたい場での祝いの召喚が主なのだ。

（なんとなく今日は、いつもよりも魔力が安定しているような……？）

ここで行う召喚は難易度の高いものではないので、それほど多くの魔力を消費することはないのだが、やはり都度都度、多少の疲労は感じるものだ。

でも今日はそれがまったくない。普段のつとめのときよりも、明らかに体に力がみなぎっているような気がするのだ。

昨日初めて花婿と交わったばかりなのに、もしかしたらもうその効果が出ているのだろうか。

（これが、花婿の力なんだ……！）

彼と絆を深めていけば、もっと多くのつとめをこなすことができるようになるのかもしれない。そう思うと、彼が来てくれたことを本当にありがたく感じる。

「おお～」

「綺麗！」

婚姻を祝う召喚の締めくくりは、豊穣の女神に捧げるライスシャワー。

そして霧を使って作り出す、美しい虹だ。

皆からの惜しみない拍手と賛辞を受けて、シリルは笑みを返していた。


それから二時間ほどが経って。

「……さてさて、新郎と新婦はともにこの村で生まれ育ち、今日ここに夫婦と認められたわけでありますが、そもそものなれそめは新婦のお父上が――」

結婚式のあと、シリルはそのまま、村の顔役の屋敷の庭で行われる結婚披露宴に招待された。すでに宴もたけなわで、今は少し酒が入って上機嫌な招待客の祝辞を順に聞いているところだ。

「ねえねえ、お母様、もう遊びに行ってもいい？」

「……もう少し待っていらっしゃい」

「でも、もう食べ終わっちゃったよ。村長さんのお話、いつまで続くのぉ？」

「これ！　そういうことを言わないの」

傍のテーブルで、食事が終わって遊びに行きたい子供たちが三人、母親を困らせている。

見回してみると、ほかのテーブルでも子供たちがぐずり始めている。

大人たちの話が長すぎて、すっかり退屈しているのだ。

「……こういうの、僕がいた世界でもありましたよ。どこも一緒なんですね」

シリルの隣に座る和真が小声で言って、苦笑する。

「子供が集中できる時間は限られていますし、遊びに行かせてあげたほうが皆のためだと思うのですが……」

「本当に、そうですね」

(私が連れていって、見ていてあげられたらな)

子供たちと遊ぶのは嫌いではないから、そうしたいのはやまやまなのだが、一応自分は来賓の立場だ。それに、召喚を見せてほしいなどと無邪気にねだられたりしたら困ってしまうし……。

「シリル神官殿！　今日はよくいらしてくださいました！　本当に心から感謝しておりますぞ！」

ワイングラス片手に傍までやってきた男性に、いきなり声をかけられる。

だいぶ酔った様子の男性は、先ほどまで皆の前で長々と夫婦愛について述べていた花嫁の父親だ。隣に座る和真をちらりと見て言う。

「今日は珍しく、従者殿を連れておいでなのですな？」

「えっ……、あ、いえ、彼は……！」

「やはりそのほうが、リゼット大神官殿も安心でしょう。お一人では道中何かと物騒ですからな。シリル殿にも、早く花婿が現れればよいですなぁ！」

まるで独り身のシリルに同情するように、花嫁の父親がそう言うと、周りのテーブルの列席者たちもうなずき合う。

和真がその花婿なのだと説明する暇もないまま、隣のテーブルに座る年長の男性が口を挟んでくる。

「昔から、花婿の召喚は時の女神の気まぐれなどといわれておりますからなあ。しかし伴侶を得ることは、やはり何物にも代えがたい幸福です。神官のあなたであればなおさらでしょう！」

「そのとおり！　人生、これすべて愛なのですからな！」

花嫁の父親が言って、胸を張って言う。

「よろしい、不肖この私が、お若いシリル殿に愛のなんたるかを今からお教えしましょう！よいですかな、そもそも伴侶というものはですな……！」

何がよろしいのかさっぱりわからないが、得々として持論をぶち始めたものだから、皆うんざりしたように顔を見合わせる。

退屈した子供たちも、いよいよ落ち着きがなくなり始めて――――。

「……おっと、危ない」

椅子の上に逆向きに座ってふざけ始めた隣のテーブルの子供が、背もたれに寄りかかって椅子ごと倒れそうになったのを、和真がすっと手を伸ばして支える。

母親がすまなそうに頭を下げ、子供を叱ろうとしたところで、和真がさりげなく言った。

「お子さんたち、元気が有り余っていますね。よろしければ従者の僕が、向こうでお子さんたちの遊び相手になりましょうか？」

「和真……？」

話の切れ目になんとかして彼は花婿なのだと紹介しなければと焦っていたら、和真が思いがけない提案をしたので、母親だけでなくシリルも驚いた。

でも、母親もさすがに持て余していたのか、おずおずと、だがどこかそうしてほしそうに答える。

「で、でも、従者さんにそんなこと……、ご迷惑では？」

「いいんですよ。そっちのきみたちも、一緒においで」

和真が子供たちを引き連れ、別のテーブルの子供たちにも軽く声をかけながら、さっと宴の席から離れる。

声をかけられた子供たちは一瞬、いいのかなという顔をしたが、先に行った子供たちが少し離れた場所で駆け回り始めたのを見て、目を輝かせてついていく。

従者扱いのままで本当によかったのだろうかとは思うけれど、大人たちもいくらかほっとした顔だ。

「よーし、じゃあみんなでゲームをしようか。『こおりおに』っていうんだけど、これからルールを説明するから、よく聞いてね！」

それはいったいどんなゲームなのだろう。

目の前で展開される理想的な夫婦愛の話よりも、和真が子供たちにしている遊びの説明のほうがずっと気になる。

あとで訊いてみようと思いながら、シリルは愛想笑いを浮かべて花嫁の父親の話を拝聴していた。


「はあ、疲れた……」

「そうでしょうね。厨房から、何か飲み物をもらってきましょう」

「え……、あ、ありがとう、お願いします！」

その日の夜。

帰宅して湯殿で一日の汗を流し、サロンの長椅子に体を投げ出すと、和真が気を利かせて飲み物を取りに行ってくれた。

今日は婚礼の宴のあと、別の村の祭事にも出向いて神官のつとめを果たし、夜もすっかり更けたつい先ほど、やっと屋敷に帰ってきたばかりだ。

リゼットに一日の報告をしようとしたのだが、モルガンから何か急な呼び出しがあったとかで、夜にもかかわらず出かけていったと執事のクレールが言っていた。

何かあったのだろうかと気にはなったが、こちらも疲れているので、これ幸いと行儀悪く長椅子に寝転んだというわけだ。

でも、和真だってかなり疲れているのではないか。

(今日はずっと、私の補佐をしてくれていたし)

披露宴で和真が子供たちに教えていたゲームは、年齢差があっても誰でも参加できる簡単だが楽しい遊びだったようで、彼はたちまち子供たちの人気者になり、大人たちからもとても感謝された。

その後に赴いた別の村の祭事では、暑さのせいか急病人が出たのだが、和真が手際よく介抱してくれたおかげでじきに回復し、祭事も滞りなく終えることができた。

仕事の現場ではよくあることだったと言っていたが、「うつし世」での和真は、とても優秀な教師だったのではないか。

「……お待たせしました。どうぞ召し上がれ」

今日の和真の活躍をあれこれと思い出していたら、彼が飲み物の入ったグラスを持って戻ってきた。

起き上がって受け取ってみると、今まで見たこともない飲み物だった。

少し黄みがかった、とろりとした液体。

色からすると、果物でも入っているのだろうか。

「……！　美味しい！　なんですか、これっ？」

「僕のいたところでスムージーと呼ばれていた飲み物を参考に作ってみました。お口に合ったのならよかった。冷たくできると、もっと美味しいのですが」

「冷たく……？　氷を入れたらいいですか？」

「あるのですか？」

「遠い世界からもらってくるんです。こっそりとね」

シリルは言って、グラスにそっと手をかざした。

こういうことに気軽に召喚魔術を使っているのがばれると、リゼットに小言を食らってしまうのだが、せっかく和真が美味しいものを作ってくれたのだ。これくらいは許されるだろう。

　飲み物がキラキラと光って、グラスの真ん中に氷の塊が召喚されてくるのを、和真も目を丸くして楽しげに見ている。

　くるくるとグラスを回し、程よくなじんだところで一口飲んでみると、先ほどよりも味が引き締まって喉越しもよくなっていた。

「本当に、美味しいです。何が入っているのです？」

「柑橘類の果汁と潰した桃に、はちみつをたっぷりと。あとは塩をひとつまみ。疲れには糖分と塩分が一番ですからね」

　和真がこともなげに言って、にこりと微笑む。

　つとめで疲れているシリルのためにと、考えて作ってくれたということ……？

（和真は、なんでもできるのかな？）

　こんなに美味しくて健康的なものをさっと作ってくれるなんて、和真はいったいどれだけのことができるのだろう。

「……和真は、すごいんですね！」

「え」

「今日一日、あなたはずっと私のつとめを補佐してくださっていました。それだけでもありがたいのに、このように美味しいものを作って、気づかってくださるなんて……。あなたには、できないことなんてないのではありませんか？」

「はは、まさか！　そんなことはありません。できないことだらけですよ」

和真が言って、長椅子の隣に遠慮がちに腰かける。

「すごいのは、あなたのほうですよ。民たちのために、あんなにも神秘的で華麗な召喚魔術を使いこなすことができるのですから」

「華麗……、そうでしょうか。ジェラルドなどには、子供騙しだと言われていますが」

「そんなふうに謙遜をなさらないで。皆の幸福な笑顔を、いつもごらんになっているのでしょう？」

和真がそう言って、シリルの目を真っ直ぐに見て続ける。

「神官というのは、多くの人たちを幸せな気持ちにすることができる、素晴らしいお仕事です。どうか誇りを持ってください。私も微力ながら、お手伝いをしていきますので」

「和真……」

自分のつとめを手放しで褒められるなんて、初めてのことだ。

嬉しさと照れとで顔が熱くなってしまいそうだったから、シリルは飲み物をごくごくと飲んで、ごまかすように言った。

「で、でもっ、和真のことを紹介しそびれて、従者だなんて思われてしまいました。ちゃんと召喚されてきた花婿だと、私から説明すべきだったのに」

「私は裏方でいいので、別に従者と言われてもかまいませんよ。これといって特別な才能もないですし、ただできることをできるようにやるしか、ないのですから」

そう言って、和真がまた笑みを見せる。

「あなたの花婿になれたことを、僕はとても誇りに思っているんです。これからずっと、あなたの傍にいられることもね。あなたはとても素敵です」

「……っ」

素敵、だなんて、誰かにそんなふうに言われたのも初めてだ。

それだけで心拍が速くなり、胸が甘くしびれたようになる。和真の姿が少し輝いて見え、見つめているだけで頬が熱くなってきた。

今まで、こういう感覚はあまり経験したことがなかった。

でも、心の片隅にピンとくるものがある。

もしやこれは、「ときめき」というものではないか……？

「……おや？　どうしました、お顔が真っ赤ですよ？」

「そ、んな、ことはっ」

「ふふ、可愛いな、あなたは」

和真が微笑ましいものでも見るような目をして言って、何か考えるように黙る。

それからいくらかためらいを見せながら切り出す。

「昨日のあなたも、とても可愛かったですよ。でもその……、正直に言うと、僕は昨日の行為について、少しばかり反省し始めていまして」

「……反省？」

「はい……」

思いがけない言葉に、面食らってしまう。

和真が反省しなければならないようなことがあっただろうか、と振り返ってみるけれど、特に思い当たることはない。

そもそも和真とは昨日出会ったばかりで、それほど多くの時間を過ごしたわけではない。

昨日の行為というと、やはり二人の初夜のことか……？

「こんなことを言うのは今さらなのですが、本当にあのやり方でよかったのか、とか……、あなたが今になって嫌な気持ちになっていたりはしないだろうか、とか。実は、とても気になっているのです」

おずおずと打ち明けられたので、ますます驚いてしまう。

昨日の情事はすごくよかったし、何も気にすることなどなかったと思うのだが。

「嫌な気持ちになんて、なっていませんよ！　やり方も、とてもよかったと思いますし」

シリルは素直に言って、どんな感じだったか、改めて振り返った。

それから昼間に村で召喚を行ったときの感覚を思い出し、シリルは言った。

「今日、つとめを行っているとき、いつもより魔力が安定していると感じました。それはたぶん、昨日のあなたとの行為のおかげだと思います」

「そうだったのですか？」

「それに昨日は、私はとても、心地よかったです。心と体が、少しずつ昂っていくのも感じられましたし……、あなたの言ったとおり、二人で手探りでしてみたのが、よかったんじゃないでしょうか？」

シリルの言葉に、和真がどこかほっとしたような表情を見せる。

「そうですか。シリルにそう言っていただけて、安堵しました」

「こちらこそ、和真が気になっていることを打ち明けてくれて、なんだか安心しましたよ。運命によって引き合わされた私たちですが、これから長く絆を紡いでいくのだから、お互い気になることは、なんでも話せたらいいなと思っていましたので」

「おっしゃるとおりだと、僕も思います。あなたも、何か気になることがあったら迷わず伝えてくださいね？」

和真が言って、真っ直ぐにこちらを見つめる。

その目には一点の曇りもない。心から信頼できる人の、澄んだ目だ。

「……ときに、シリル。明日も今日のように、どこかに行くのですか？」

「ええと……、はい。あと五日間は、その予定です」

「なんと、今日を入れて六連勤ということですか。では、今日はもうお休みになったほうがいいですね」

「ですが、おばあ様に報告をしないと」

「いつお帰りになるかわからないのに待っていては、疲弊してしまいますよ？　こういうときはさっさと寝てしまうのが一番です」

「でも……」

「大丈夫。今朝リゼットさんからお借りした本の続きを読みたいので、僕はもう少しだけ起きていますから、もしお帰りになったら今日のことを少し伝えておきますし。ね？」

シリルの手から空のグラスを受け取って、和真がうながす。

リゼットの帰りを待つつもりだったが、寝たほうがいいと言われたら、急に眠気が襲ってきた。ここは和真の言うとおりにしようか。

「じゃあそうすることにします。今夜は、自分の部屋で寝ようと思いますので……」

昨日は同じベッドで眠ったのにと思うと少し妙な感じだが、二人はまだ結婚したわけではないし、和真にも一人でゆっくりする時間を持ってほしいのでそう言うと、和真は特に疑問もない様子でうなずいた。

「わかりました。では、お部屋の前までお送りしましょう」

和真がそう言って、シリルについてサロンを出て、階段を上って二階まで一緒に来てくれる。

私室のドアの前まで来て、シリルは振り返って告げた。

「おやすみなさい、和真。また明日」

「ええ、また明日」

和真が答えて、薄く微笑む。

でも、どうしてかそのまま、立ち去ることなく何か言いたげにしている。

シリルが小首をかしげると、和真がほんの少し顔を赤らめて言った。

「あの……、あなたとはもう、体までつないでいるのに、今さらこんなことを言うのは、ちょっと気恥ずかしいのですが……」

「……？　なんでしょう？」

続きをうながすように問いかけると、和真が少しためらうように目を伏せ、それからおずおずと、こちらを見つめて言葉を続けた。

「私はできれば、あなたとちゃんと恋がしたいと思っているんです。すぐには無理かもしれないけれど、あなたと心から恋をし合って、自然な形で愛を育んでいけたら、とても嬉しいです」

「……和真……、っ……」

ちゅ、と触れ合うだけのキスをされて、ドキリと心拍が跳ねる。

これ以上ないほど間近でシリルを甘く見つめて、和真が告げる。

「おやすみなさい、シリル。いい夢を」

少しだけ頬を紅潮させて、和真が去っていく。

その後ろ姿に、シリルはまたしても、胸がときめくのを感じていた。


花婿と過ごす日々は、そうやって始まった。

最初の日に抱いた印象のとおり、和真はとても適応力があり、ここでの暮らしにもすぐに慣れ、ふた月ほどが経った今では、まるでずっと前からこの世界にいたかのようになじんでいる。

シリルとしても、その点はとてもよかったと思っているのだが……。

（恋って、どんなものなのだろう？）

もう二十二歳だし、伴侶となるべき花婿も召喚されてきたが、シリルは恋を知らなかった。

神官として生まれ、ずっと浮世離れした暮らしをしていたために、恋をする機会がなかったというのも、理由としてはある。いずれは召喚されてきた花婿と結婚する定めで、それを当たり前だと思って生きてきたので、そもそも恋をしたところで実るわけでもないとも思っていた。

だからもしかしたら、知らず他人に興味を持たないようにしていたのかもしれない。

もちろん、つとめで婚礼の場に出向くことは多く、結婚する二人のなれそめを聞いたり、若い恋人たちが、いつかこんな素敵な結婚式を挙げたいと言い合う姿を見たりする機会はいくつもあった。

素敵な恋人たちや夫婦を前にすれば幸多かれと思いつつ、でも自分には縁のないことだと、ただそう思っていただけで、関心がないわけではなかったのだ。

（でも、私は恋の始め方も知らない……）

ちゃんと恋がしたいと、和真は言ってくれた。

召喚によってこの世界に来た花婿にそう言ってもらえるのは、こちらとしてはとても嬉しいことだ。シリルも和真と恋がしたいと思うし、できるならその先に結婚があってほしい。

だが恋というのがいつ始まるものなのか、どうやってそれに気づくのか、シリルにはまだわからなかった。

今の客観的な状況としては、和真が花婿であることは徐々に知れ渡ってきている。つとめに彼を同伴したり、つとめのない日には一緒に王宮の書庫に行って、日がな一日歴史や召喚魔術に関する文献を読んだりしているので、周りからはすでに二人は伴侶のように見られているのだ。

和真とは何度かベッドをともにしていて、その影響でシリルの魔力が徐々に増してきており、神官としての能力も少しずつ向上し始めているところだ。

そうやってともに過ごし、触れ合うことで、和真との絆は確実に深まってはいるが、では恋をしているかと言われると、それはまだだという気がしている。

今の感じは恋とか愛とかいうよりも、仕事の相方と呼んだほうが近いかもしれない。

もちろん、彼に「ときめき」を覚える場面は、多々あるのだけれど。

「……廃墟のようなものが見えてきましたよ、シリル。あそこじゃないですか？」

馬車に揺られながらぼんやり恋について考えていたら、同行してくれている和真が、窓の外を見ながら声をかけてきた。

王宮の北、馬車で三時間ほどのところにある、古い時代の城館。

今はもう廃墟になっているその場所に、シリルが来ることになったのは、リゼットからの指示だった。

リゼットは二日ほど前から泊まり込みでつとめに出ており、シリルは近場で葬祭の儀式などをこなしていたのだったが、今朝がた書状が届いて、その城館跡に来るように言われたのだ。

花婿である和真と必ず一緒に、と書かれていたのだが、何か特別なつとめなのだろうか。

「……お、来たな新婚」

「ジェラルドッ？」

廃墟の朽ちかけた門から中に入り、馬車を降りると、そこにはなぜかジェラルドがいた。

不躾なほどまじまじとシリルの顔を眺めて、ジェラルドが言う。

「へえ、しばらく見ないうちにすっかり色っぽい顔つきになってるじゃねえか！」

「はっ？」

「やっぱりいいねえ、人妻ってやつは！　肌もつやつやじゃねえか！　毎晩花婿に可愛がられてんのかぁ？」

「なっ、ん……？」

淫靡なからかいの言葉に、かあっと頬が熱くなる。

こういうときどう返したらいいのかわからず、あわあわしながら固まっていると、和真がジェラルドとの間にすっと割って入った。

「まったく、凝りませんねえ、あなたも。いいかげんシリルをからかうのはやめてくれませんか？」

和真がやんわりと注意して、それから満面の笑みを見せる。

「おっしゃるとおり、シリルには花婿の僕が日々寄り添って、二人で愛を育んでいます。つやつやになるのは当然ですし、これからもさらに美しくなると思いますよ？」

「か、和真っ……」

なんのてらいもなく堂々とそう言われ、ひどく気恥ずかしい。

でも、下種なからかいから守ってくれたのだと思うと頼もしく、嬉しい気持ちになる。

ジェラルドも揶揄する気が失せたのか、つまらなさそうに言う。

「へ、そうかい。そいつぁごちそうさん」

「ときに騎士団長殿は、なぜこちらに？」

「なぜって、仕事だよ。モルガン殿下の護衛だ」

「モルガン殿下の？　こちらにいらっしゃるのですか？」

「ああ。リゼットのばあさんと中においでだ」

ジェラルドが言って、親指でかつての城館の入り口を示す。

「俺にはよくわからんし、国王陛下もいつものように対応は殿下に丸投げなんだが、どうやらちょっとばかり、キナくさい案件らしいぜ？」

「キナくさい……？」

書状には詳細が書かれていなかったのだが、そういえば先日から、リゼットはたびたびモルガンに呼び出され、二人で何か相談しているふうだった。

もしや内密にしなければならない事情でもあるのだろうか。

「中に入ってみますか、シリル？」

「ええ。もちろんです」

シリルは和真に答え、入り口から中に入った。

広いエントランスは床が傷んでいて、歩くたびミシミシと音がする。中央にあったと思しき朽ちた大階段の奥は、テラス窓が壊れて中庭が覗いていた。

雑草で覆われた中庭の向こう、崩れかけた建物の中にモルガンとリゼットが立っているのが見えたので、そちらに行こうとすると……。

「……っ？」

うなじのあたりにぞわっと寒けを感じたから、シリルは思わず声を出しそうになった。

今まで感じたことのない、ひどく嫌な気配。

何ものかはわからないが、おそらくここには、あまりよくないものがあるようだ。

魂送りが必要な迷える死霊か。あるいは、長く放置されている間に邪な気をまとってしまった古い時代の遺物か。

神官の血を引くシリルには、生まれつきそういった悪しきものの存在を感じ取る能力が備わっている。

このところ、花婿である和真と日々ともに過ごしているおかげで、かなりその精度が上がっているようで、最近は昔からなじみのある場所で、これまで感じたことのない違和を覚えることもあった。

今感じているこの気配も、以前なら感じ取ることができなかったものかもしれない。

周りを警戒しながら壊れたテラス窓まで行き、隙間から中庭に入っていくと、嫌な気配はますます強くなり、背筋がぞわぞわしてきた。

でも、隣を歩く和真も、後ろからついてくるジェラルドも、どちらも平然としていて、シリルと同じ感覚を抱いているようではまったくない。

やはり神官の自分だけが、悪しきものの存在を感じ取っているのだろう。

「……どうかしましたか、シリル？」

和真がシリルの顔を覗き込んで、心配そうに訊いてくる。

彼自身は特になんともないものの、シリルの様子がおかしいことには気づいてくれたようだ。思わずすがるように、シリルは言った。

「手を、つないでいてください」

「手？」

和真が右の手を差し出してくれたので、ぎゅっと握ってそのまま進む。

花婿に触れていると、ピリついた気が少し和らぐようだ。

中庭の真ん中あたりまで来たところで、向こう側の建物の中にいるリゼットとモルガンが、こちらに気づいて顔を向けた。

「来たかい、シリル。どうだね、おまえもこの禍々しい気配を感じるかい？」

「はい、おばあ様。これはいったいなんなのですか？」

「こちらに来たらわかるよ。二人、手をつないでいるならそのままで、ゆっくりとおいで」

リゼットがいくらか緊張した面持ちで告げ、モルガンも黙ってうなずいたので、言われたとおり焦らず和真と歩いていく。

二人がいる建物の部屋に入ると、ぞっとする気配がさらに強まった。

どうやらそこは、かつての主寝室だったようだが――。

「っ……、なん、ですか、これっ……？」

部屋の真ん中の床が抜けていて、その下の地面に、色の薄くなった古い魔法陣が淡く明滅している。

おそらくこの城館が建てられるよりもずっと昔、ここでなんらかの召喚が行われ、そのときにできた「うつし世」に続く召喚の道への穴を閉じた跡だろう。

エルヴェ国にはそのような場所は無数にあり、入り口の穴は魔法陣によって安全に封じられていて、神官の能力を持つ者以外には見えないようになっている。

だがこの床下の魔法陣は力が弱まっているようで、土の上に顔料で書いたかのように形が浮き出て見えてしまっている。さらにその線や文字の隙間から、何かにょろにょろと気味の悪い触手のようなものが無数に突き出しており、一部は床の上にまで伸びている。

こんなものは今まで一度として見たことがない。

驚愕しているシリルに、リゼットが注意深く訊いてくる。

「おまえにも、これがちゃんと見えるようになったんだね？」

「はい、見えます！　にょろっとした、透明な蛇のような触手がたくさん……！」

「蛇？　へえ、俺には魔法陣しか見えねえけどな？」

ジェラルドが床に開いた穴に近づき、床下を覗き込んで怪訝そうな顔をする。

透明な触手がにゅっと伸びてきて、ジェラルドが履いているブーツの先を探るみたいに撫でるが、彼はまったく気づいていないようだ。

和真にも見えていないらしく、ジェラルドに同意するように言う。

「僕にも、魔法陣しか見えないですね。形状からすると、先日書庫の書物で見たごく普通のもの……、今より少し古い時代の、召喚が行われた跡を閉じたもののように見えます」

「そのとおりだよ、花婿殿。よく勉強しているね」

モルガンが言って、満足げにうなずく。しかし和真は、小首をかしげて言った。

「ですが、先ほどからシリルが何かを感じ取っているのがわかります。ここで、何かが起こっているのですね？」

「ああ、そうだ」

モルガンが皆を見回し、眉根を寄せて言う。

「私の中に流れている神官の血はとても薄いから、私にもはっきりと見えるわけではない。だが魔法陣の効力が薄れつつあるのはわかる。そしてそこから邪悪な気が漂ってくるのもだ。これは魔族の気配だね、リゼット？」

「魔族、ですってっ？」

想像すらもしていなかった言葉に驚いて、シリルは思わず頓狂な声を出してしまった。

はるか昔に異空間に封じ込められ、もはやこの世界には存在しないはずの魔族が、なぜ……？

「あたしが若い頃はもちろんだし、大人になってからだって、こんなことはなかったさ。でも最近、魔族がこうやってこの世界に道を開いて、入り込もうとしているのを目にすることがある。国王陛下は、取り合ってもくれないけどね」

リゼットが苦々しげに言う。

そんなこととは知らなかった。もしや今まで、ずっとリゼット一人でこのような件に対処してきたのだろうか。

ジェラルドが半信半疑といったふうに口を開く。

「いや、そりゃまあ、そうだろうよ。魔族なんぞ、今どき本当にいたのか疑わしいって思ってる奴もいるくらいだしな。実害がねえなら、陛下だって取り合わないだろうさ」

「そういうわけにもいかないんだよ、ジェラルド。何しろ数が増えている。いつ何時、問題が発生するかわからないからね」

モルガンが言って、ああ、と何か気づいたように続ける。

「そういえばきみのご家族は、二十年前の事故で亡くなったのではなかったかい？」

「……！　そう、ですが……、その話、しちまっていいんですかい？」

ジェラルドが和真をちらりと見て、ためらいがちに訊ねる。

するとモルガンが、うなずいて言った。

「二十年前の召喚事故のことは、ずっとかん口令が敷かれてきたね。でも和真は花婿だ。話してもかまわないだろう」

モルガンが言葉を切って、潜めた声で続ける。

「それにね。あの事故に関しては、ずっと隠されてきたことがある。死傷者の家族にすら、伏せていたことがあるんだよ、ジェラルド」

「そうなのですかっ？」

「いい機会だ。あのとき起きていたことを、きみたちに話そうじゃないか。そうしてもかまわないかな、リゼット？」

「……ええ。お願いいたします、モルガン殿下」

リゼットがうなずいて答える。

モルガンがまた皆を見回して、ゆっくりと切り出す。

「二十年前、王宮の奥庭で、エルヴェ国と王家の繁栄を願う祭事が行われた。召喚の儀式を執り行ったのは、神官のレナ。リゼットの娘であり、シリルの母親だ。兄上は体調が悪く欠席されていたが、代わりにクレマンド王子と私、そしてカミーユ王妃が列席していた。そこでレナが、召喚事故を起こした」

初めて聞く話だからか、和真が興味深そうな顔をする。モルガンが話を続ける。

「召喚自体は、エルヴェ国の歴史や王家にゆかりのある動植物、鉱石などを召喚し、こちらからは穀物などの捧げ物を『うつし世』に送る、ごくありふれた召喚魔術だった。何か変わったことがあったわけではないし、当然ながら禁忌を犯していたわけでもない。だから召喚事故の原因は、いまだに不明だ」

モルガンが言って、当時を思い出そうとするように視線を浮かせる。

「だが、滞りなく厳かに進んでいた儀式の最中に、突如『うつし世』との間に作られた召喚の道が制御不能になってしまった。クレマンド王子を含む何人もの人間が召喚の穴に吸い込まれ、レナと花婿のアンリが身をていして穴を封じたという話までは、ジェラルドも知っているね？」

「存じておりますよ。穴に吸い込まれなかった人間も、時空が信じられねえくらい大きくゆがんだせいであちこち吹っ飛ばされたりして、死傷者が多く出た。俺の親父は死んだし、あなたも大怪我をなさったでしょう？」

「ああ、そうだ。だがそのとき、召喚の穴の中ではもっとまずいことが起きていたんだ。制御不能で不安定になった召喚の道に、異空間から魔族が入り込んで、こちらの世界に侵入しようとしていたんだよ」

「魔族が、この世界にっ……？」

「……そうさ。ちょうどこんなふうにね」

リゼットが床下を覗き込んで、シリルに言う。

「あの日、あたしはちょぃと腰をやっちまってて、王宮で控えていたんだ。様子がおかしいのに気づいて奥庭に駆けつけたときにはもう、クレマンド王子が吸い込まれたあとだった。レナとアンリは、なんとしても魔族の侵入を食い止めようと自ら穴に飛び込んで、魔族とども向こう側から穴を封じたのさ」

「……！」

両親の死に際の様子を、シリルは今、初めて詳細に聞いた。ジェラルドも衝撃を受けたのか、首を横に振って言う。

「てことは、あのひでえ時空のゆがみも魔族のせいだったってことか？　ただの召喚の事故だと思っていたのに、そんな恐ろしいことになってたのかよ！」

「そう、本当に恐ろしい事態だった。レナとアンリが勇気ある行動をとってくれていなかったら、今頃この世界には、魔族が跋扈していたかもしれないのだからね」

そう言ってモルガンが、痛ましげな目をする。

「まだ幼いシリルを残していくのは、どんなにかつらかっただろうね。目の前でクレマンド王子を失い、身も世もなく泣き叫んでいたカミーユ王妃の姿も、思い出すだけで心が締めつけられるようだよ。兄上もたいそう嘆き哀しんでおられた。だが兄上は、哀しみの中にあっても王であるべきだった。ただ見たくないものから目を背けたりせずにね」

「……もしや、国王陛下が神官を疎んでいらっしゃるのは、事故のせいなのですか？」

和真が訊ねると、モルガンがうなずいて答えた。

「そうだ。兄上は神官を遠ざけることで、息子を失った哀しい現実を忘れようとした。元々召喚魔術に懐疑的だったこともあって、召喚の負の現実を見ぬようにしているのだ。だがいずれは向き合わねばならないだろう。このように現実が追いかけてくるのだからね」

モルガンが床下の魔法陣を覗き込む。

「とはいえ、差し当たり、このような状態になっている古い召喚の跡を、見つけ次第封じていけばいいはずだ。リゼット、今までにいくつくらい見つかっていたかね？」

「ほんの小さなものも含めて、三十くらいですかね」

「そんなにあったのですかっ？」

驚いて問いかけるが、リゼットはこともなげに答える。

「ああ。最初に見つけたのは五年前、モルガン殿下にはそれからずっとご報告しているが、年を追うごとに数が増えてる。今年だけで、もう九つだからね」

「それを全部、おばあ様が封じていらっしゃったのですか？」

「そうだよ。おまえはまだ半人前だったからね。でもまあ、封じる手順も手間も、通常の召喚のときとそれほど変わらない。魔力も、そこまで多く必要だってわけでもないが……」

「とにかく数が増えている、ということだ。そろそろリゼットだけに任せておくわけにはいかないね」

モルガンが言い、こちらに顔を向けて続ける。

「ということで、ここは一つ、きみが封じてみなさい、シリル」

「私がですかっ？」

「ここの状態がしっかりと見えるようになったのなら、できるはずだ。花婿も一緒だしね」

モルガンが和真のほうを見て、笑みを見せる。

花婿である和真と必ず一緒に、と書状に書かれていたのはこのためだったのだと、合点はいったけれど、本当に自分にできるのだろうか。

シリルは恐る恐る、床下の魔法陣を覗いた。

淡く明滅している古い魔法陣は、リゼットの言うとおり特別なものではなく、ごく普通の、召喚のときに穴を閉じるもののようだ。効果が薄れているのなら、同じもので上書きすればそれでいいはずだが、にょろにょろと出ている透明な触手が発している邪気に、気おされそうになってしまう。

ここを封じるのに失敗したら、それこそ召喚事故につながりかねないだけに、不安になってくる。

「きっとできますよ、シリル」

「和真……」

「僕もついています。どうか、恐れず挑戦してみてください」

和真が言って、つないだ手に力を込める。

確かに、花婿である彼が傍にいてくれたらそれだけで気持ちが安定するし、彼と手をつないでいると、体に魔力が満ちてくるのを感じる。

何事も最初のときというのはあるし、やってみなければできるようにはならないのだから、不安になっている場合ではないのだ。

シリルはうなずいて、床に開いた穴の縁まで行き、真下を見据えた。

右の手のひらに魔力を込め、魔法陣を浮かび上がらせて、その手を床下に向ける。

召喚によって開けた時空の穴は、遠い異世界へと続く道の入り口であり出口だ。そこを閉じれば道も塞がれ、向こうの世界に開いた穴も塞がる。

通常、それは何も難しいことではないのだが――。

「……っ……！」

手のひらに強い抵抗を感じ、思わず眉をひそめる。

シリルが穴を封じようとする力に対して、何かが強く抵抗している。

それはどうやら例の透明な触手のようで、徐々に一つの束になって、押し戻そうとするみたいにこちらに向かって伸びてくる。

まるで生き物のような動きに、ぞくりと背筋が震える。

（これが魔族の、手応え……、なんておぞましい……！）

今まで感じたことのない、ぞっとする感触。

自分が今、この上もなく禍々しいものに接しているのだとまざまざと感じ、それだけで冷や汗が出てくる。

「……どうだい、シリル。魔族に触れてる気分は？」

リゼットが注意深くこちらを見ながら訊ねてくるけれど、答える余裕などまったくない。

リゼットがふむ、と小さくうなずいて、ぼそりと言う。

「よぉく覚えておおき、シリル。それが『召喚の禁忌』の感触だよ。ちゃんと封じられたら、おまえも一人前だ」

（……これが、禁忌……！）

異なる世界との間に道を作り、魂や事物を行き来させる召喚魔術には、してはならないとされている禁忌が三つほどある。

一つ目は、この世界で死んだ者を冥府よりよみがえらせること。

二つ目は、生きたままの生物を「うつし世」に送ること。

そして三つ目は、魔族の召喚だ。

先の二つは、試みただけで召喚の道が不安定になって、重大な事故につながるといわれている。二十年前の事故でもその可能性が疑われたが、どちらもそのような事実はなかったことが証明されている。

三つ目に関しては、エルヴェ国建国以来成功した者がおらず、これまでは実質的に不可能だとされてきた。

けれど今、シリルは確かに魔族に触れている。

それは取りも直さず、三つ目の禁忌が意図せず犯されてしまうかもしれないことを意味している。

二十年前の事故のような場合はもちろん、今回のように、古い召喚の跡から魔族がこちらに入り込もうとする例が増えれば、魔族を偶発的にこの世界に招き入れてしまう事態が起こりうるということなのだ。

(そんな恐ろしい事態を、引き起こしてはいけない)

魔族の脅威から、民たちを守る。

神官である自分にとって、それが責務だとひしひしと感じる。自分が今ここで魔族を封じることが、民たちを守ることにつながるのだ。

知らず和真の手をぎゅっと握ると、彼がこちらの手を握り返してきた。

大丈夫。今のシリルならできる。そう言ってくれているみたいに。

「こちら側には、入らせない……！」

シリルは深く息を吸い込んでから、手のひらにぐっと力を込めて魔法陣を地面に放った。

古いものの上に新しい魔法陣が刻まれ、透明な触手がその向こう側へと消え去ると、リゼットとモルガンが満足げに声を立てた。

「……おお！」

「お見事」

二人の声に、ようやくふっと息を吐く。

肩で息をしながら床下を確認すると、そこには湿った土と、真新しい魔法陣が見えていた。城館全体に漂っていた邪悪な気配もすっかり消えてなくなっている。

どうやら、封印に成功したようだ。

「よくやったね、シリル。これでおまえも一人前だ」

「おばあ様……」

「レナやアンリも、きっと喜んでくれている。あたしゃ嬉しいよ！　本当によかった……！」

そう言うリゼットの目には、かすかに涙が浮かんでいる。

ずっと親代わりになって育ててくれたリゼットに認めてもらえるなんて、シリルとしても感慨無量だ。これからももっと研鑽を積んでよき神官にならなければと、心が奮い立ってくる。

「……よう、いったいどうなったんだよ？　ちゃんと上手くいったのか？」

状況が見えていないジェラルドが、怪訝そうに和真に訊ねる。

和真がうなずいて言う。

「どうやらそのようです。シリル、お疲れさまで……、おっと」

自分ではそんなつもりはなかったが、思ったよりも力を使っていたようだ。へなへなとよろけたシリルの体を支えて、和真が言う。

「よろよろですね。今ので、ずいぶんと体力を消耗したみたいだ」

「今までの召喚魔術よりも、魔力を多く使ったのだろうね」

モルガンが言って、和真に告げる。

「今夜は身も心も十分に癒やしてあげなさい、花婿殿」

モルガンの笑みに、和真が一瞬目を丸くして、それから小さくうなずく。

ジェラルドの冷やかすような顔に、シリルは頬が熱くなるのを感じていた。


「あ……、本当だ、この果実酒、すごく美味しいですね！」

「でしょう？　クレールさんのご実家のほうで造っているそうなんですよ。疲れているときに飲むと、よく眠れるそうです」

その夜、屋敷に帰り着いて夕食と入浴を済ませ、ローブ状の寝間着に着替えて奥の間に行くと、和真がクレールからもらったという果実酒をすすめてくれた。

一日の終わりに、二人して長椅子に体を預け、くつろいで飲むのにちょうどいい甘さ、それでいてさっぱりとした美味しい果実酒だ。

「今日は本当にお疲れさまでした。もうふらついたりなどはしないですか？」

「はい、もう大丈夫です。ずっと支えてくださって、ありがとうございました」

今までは、術を使ったあとで少し疲れを感じることはあっても、ふらつくようなことはなかった。どうやら魔族と対峙すると、いつも以上に魔力を消費させられてしまうみたいだ。

でも馬車で帰ってくる間、和真が優しく体を抱いてくれていたので、それだけで少し体力が回復しているのがわかる。

和真が先ほどの件を思い返すように、小首をかしげる。

「あの廃墟で、僕には魔族の気配を感じることはできませんでした。でも手をつないでいたあなたを通じて、得体の知れないざわつきを感じた。これから、あなたの神官としてのつとめはますます大変なものになっていくのだろうなと、そう思いましたよ」

和真が言って、こちらを見つめて続ける。

「でも、僕も花婿の任を引き受けたからには、あなただけに大変な思いはさせません。魔族や召喚魔術のことについて、僕ももっと学んで、あなたを支えられるよう励むつもりです」

「和真……」

「王宮の書庫の奥にある倉庫には、数百年手つかずの歴史史料があると、モルガン殿下に教えていただきました。せっかく古語が読めるのですから、これが僕に与えられた力なのだと思って、いろいろと読んでみようと考えています。それがあなたのお役に立つことにつながったら、嬉しいです」

「和真がそう言ってくださるなんて、とても嬉しいです」

彼の気持ちがありがたくて、知らず笑みが浮かんでしまう。和真の黒い瞳を見つめ返して、シリルは言った。

「今日、あなたが傍にいてくれたことだけでも、私はとても勇気づけられました。あなたが花婿になってくださって、本当によかったと思っていますよ」

「お役に立てて、こちらこそ嬉しいですよ。一緒に、頑張っていきましょうね」

和真が答えて、笑みを見せる。

それから、何か思い出したのかふっと息を洩らすように笑って、おかしそうに言う。

「それにしても、モルガン殿下のおっしゃりよう……。すっかり油断していたから、とっさに言葉を返せませんでしたが、今思い出すと、何か言うべきでしたね」

「？　なんのことです？」

「身も心も十分に癒やしてあげなさい、とおっしゃったでしょう？　まあ確かに、それが花婿のつとめではあるのですが、『うつし世』だったら、あれはセクハラすれすれだなあと」

「せくはら、というのは……？」

「性的なことをああやってほのめかすのは、『うつし世』ではあまりよろしくないことなのですよ。まあでも、ここはエルヴェ国ですし、私たちの関係も特殊ですから、あまり気にしないでください」

和真がこともなげに言って、それから思案げに続けた。

「いや……、花婿のつとめ、というのはちょっと違うな。あなたに触れるのは、今の僕にとってはもっと根源的な行為なのだし」

「根源的、ですか？」

「僕は、僕の心がそうしたいと感じるからそうするのであって、あなたとの行為には花婿としてだけでなく、僕なりの喜びもあるんです。それを上手く説明するのは難しいのですが、少なくとも、花婿だからこうだというふうに、他人から決めつけられたくはない。モルガン殿下の言葉に、僕はそう感じたのかもしれないな」

独りごちるような和真の言葉の意味は、シリルにはよくわからない。

でも、抱き合うことに喜びを見いだしてくれているのなら、それはシリルにとっても喜ばしいことだ。

果実酒を飲み干し、グラスをローテーブルに置くと、和真もグラスを置き、どこか探るような目をしてこちらを見つめてきた。

少しだけ彼のほうに身を寄せたら、そっと頬に手を添えられ、そのまま優しく口づけられた。

「ん、ん……」

甘く蕩けそうなキスに、知らず声が洩れる。

和真と触れ合うのがこれで何度目なのか、数えたりしていないのでわからないけれど、最近はキスされただけで、行為の予感に体がじわりと潤むような感覚がある。

口唇を吸われ、舌を優しく絡められたら、腰にジンと疼きが走った。

シリルの体が昂り始めたのがわかったのか、和真がささやくように訊いてくる。

「セックス、したいですか」

「う、ん……」

「ベッドに行きますか？　それとももう、ここで？」

「……ここ、でっ……」

今すぐ体に触れてほしくて、あえぐように答えると、和真がシリルの寝間着を緩めて、またキスをしながら肌に手で触れてきた。

「……ぁ……、んっ……」

首や肩、胸、腹。

大きくて温かい和真の手の感触が、とても気持ちいい。

愛撫される気持ちよさだけでなく、体の疲れが取れていくような感じもある。彼の手が優しく撫でるだけで、一日出かけた体のこわばりが和らいでいくみたいだ。

ほかを知らないからわからないが、やはりこの感覚は、きっと彼が花婿だからこそだろう。

思わずほう、とため息をつくと、和真が訊いてきた。

「気持ちが、いい？」

「はい……。でも、それだけじゃなくて、なんだかとても、癒やされます」

「癒やされる……？」

「あなたの手に触れられると、それだけで疲れがどこかに飛んでいくようなのです」

「おや……、ふふ、そうなのですか。モルガン殿下のほのめかしが、言葉のとおりになっているのですね？」

和真が言って、楽しげな笑みを見せる。

「そういう手の持ち主のことを、僕のいたところではゴッドハンドとか呼んでましたけど、それはさすがにおこがましいので、そうですね……、この手はあなたを癒やす、魔法の手とでも呼んでください」

「魔法の……？　……ぁ、あんっ……」

和真がシリルの腰や双丘、内腿に手を滑らせながら、胸に口づけて乳首をちゅくちゅくと吸い立て始めたから、快感で声が裏返る。

和真は普通の人間だから魔力もないし、魔法や魔術の類いを使えるわけではない。

だが神官にとって花婿は、確かにある意味、治癒魔法の使い手といってもいいかもしれない。

いや、手だけでなく、キスをしたり触れ合ったり、結び合うことで力を高めてもくれるのだから、体そのものが魔法を生み出しているといってもよさそうだ。シリルにとって、和真の体はそこにあるだけで特別な存在なのだ。

こちらからも触れたくて、和真の寝間着の中に手を入れて、筋肉質な胸や腹に触れる。

仮の絆の刻印があるあたりは、触ると少し熱っぽくて、やや浮き出ている感じだ。

下穿きに手を伸ばしたら、和真のそれがすでに硬く形を変えているのがわかった。

(もう、欲しいっ……)

正直すぎる欲望に、腹の底がゾクゾクと震える。はだけた寝間着を脱ぎ、自ら下穿きも脱ぎ捨てたら、シリル自身もピンと勃ち上がっていた。

シリルの乳首を舌で舐りながら、和真が欲望に手で触れてくる。

「あっ、ぁあ、は、あ」

幹をふっくらとした手でゆったりとしごかれて、快感で腰が跳ねる。

まるで触れられるのを待っていたように、切っ先からは透明液がとろりとこぼれ出し、彼の指先を濡らす。

「たっぷりと蜜が出てきた。僕に触れられるの、そんなにも気持ちいいんですか？」

「う、んっ、い、いっ」

「前がこんなになっていたら、後ろも疼いて苦しいでしょう。すぐに挿れてあげますから、少しだけ待って？」

「は、ぁっ、和、真っ……！」

和真の手が幹の根元まで滑り降り、双果をぬるりと撫でて、そのまま後孔を探ってきたから、ビクビクと身が震える。

行為に慣れてきたせいもあるが、潤すものがなくても、透明液で濡れた指の腹で少しなぞられただけで、窄まりは柔らかく綻び始める。

和真の首に腕を回してしがみつき、長椅子の上に膝をついて彼の腿をまたぐと、和真の指がくぷりと中に沈み込んできた。

「は、ぁっ、あぁ」

長い指で内筒をかき混ぜられて、もうそれだけで感じて、身悶えしてしまう。

中もほかの場所と同じように、花婿である和真に触れられる悦びに歓喜しているのがわかる。

抱き合うことで絆が深まるのだから、そこはやはり特別なのだろう。内筒を最奥まで和真自身で埋め尽くされると、シリルはいつも我を忘れるほどの多幸感を覚えて、行為の終わりには身も心も満たされている。

「……そろそろ、いいでしょう。つながりましょうか」

和真が告げて、後ろから指を引き抜き、そっとシリルを抱き上げる。

そのまま長椅子に身を横たえられたから、しどけなく脚を開いて腰を上向かせた。

和真が下穿きをずらして彼自身を表に出し、脚の間に腰を入れて、後ろに雄をつないでくる。

「あっ、ぁあ、あ……！」

熱くて硬い肉の楔の、期待していたとおりの感触に、ゾクゾクと背筋がしびれ上がる。

みしり、みしりと肉襞を分け入ってくる雄は、シリルが欲しいと思っていた大きさそのままで、知らず笑みすら洩れてしまう。

張り出した切っ先に悦びの泉をズクッと抉られ、わずかに揺すった腰の動きに、和真が応えるように律動し始める。

「はっ、ああ、ふ、ぅう……」

寄せては返す波のような、穏やかで優しい抽挿。

結んだ場所がこすれ合うたび、体の芯に甘い快感が広がり、体が愉楽で溶けていくのがわかる。ほかに比べようもないほどの悦びに、恍惚となってしまいそうだ。

彼がやってくるまで、こうやって得られる快楽の一端すらも知らなかったなんて、今となっては不思議なくらいだ。

「奥のほう、まだ少し狭く感じますが、苦しかったりはしませんか？」

「は、いっ」

「ここを突いても、大丈夫？」

「ああっ！　あっ……、気持、ち、ぃっ……！」

和真が突いてくる場所が、奥のほうにあるとても感じやすいところだったから、自分でも受け入れるように腰を揺する。

最初のときから、和真はシリルの反応をよく見て、とても丁寧に抱いてくれている。

おかげでシリルも自分のいい場所や動き方がわかってきて、彼に合わせて自分でも動くことができるようになった。

結び合って得られる快感はどこまでも深く、一度達しても次々と湧き上がってくる。

だから今では、一度の交合で何度も絶頂に達することもあった。

そうやって感じ尽くし、最後には疲れて気を失うように眠ってしまっても、翌朝目を覚ませば体は生まれ変わったように生命力に満ちており、魔力もたっぷりと蓄えられている。

神官にとって、花婿との契りは癒やしであるばかりでなく糧なのだと、日々実感している。

でも、それは愛や恋とはやはり違うように思う。

繰り返される営みを和真がどう思っているのかも、本当のところはよくわからないのだけれど……。

(刻印の色は、少しずつ深まっている)

シリルが和真の胸につけた、仮の絆の刻印。

最初はとても淡い薄紅色だったけれど、二人でともに過ごす時間を重ねて、今は薔薇色に変わっている。

少なくとも、和真がシリルに好感を抱いてくれているのは変わらないようだ。

そしてシリルも、和真を憎からず思っているのは間違いない。

……と、思うのだけれど、それが彼への好意なのか、それともただ契り——彼の世界の言葉で言うところの「セックス」——が心地いいから、なんとなくそう思ってしまっているだけなのか、正直自分でもわからない。

何しろ結び合っていると、思考などどろくに続かないのだ。和真が与えてくれる凄絶な快楽に、どこまでも啼き乱れてしまうしかなくて――――。

「あっ、ぁ、もう、ぃ、きそっ、達、ちゃっ」

「いいですよ。あなたが気持ちのいいときに、いつでも達って？」

「はっ、ああ、あっ、達、っ……！」

大きく身をのけぞらせて、後ろでぎゅう、ぎゅう、と熱杭を締めつけながら、絶頂に達する。

和真はこらえているのか、動きを止めて慈しむような目でシリルを見つめている。

長い頂点をたゆたうシリルに、和真が低く言う。

「……すごい、あなたがいつもよりもきつく僕にしがみついてくる。今日は力をたくさん使ったから、悦びもたっぷりと欲しいのですね？」

和真がふう、と一つ息を吐いて、シリルの頭をそっと撫でる。

まるで愛玩動物にでもなったみたいな気分で、焦点の合わない目で見上げると、和真が濡れた目をしてこちらを見つめてきた。

「僕にとって、あなたとこうすることは、やはり大きな喜びですよ。たとえそれが花婿だからだとしても、僕はこんなにもあなたに必要とされているのだと、抱き合うたびに実感することができるのですからね」

「か、ずまっ……」

「もっと欲しがって、シリル。僕はそのために、ここにいるんですから……！」

「和っ……、ん、ふっ、うぅ、う……！」

奪われるみたいに口づけられ、また雄を突き立てられて、ぐらぐらと意識が揺らぐ。

体をつなぐことを、間違ってもつとめのように思ってほしくはなかったから、そう言ってもらえるとシリルも嬉しい。

もっと強く、もっと深く抱き合ったなら、いずれ気持ちも追いついてくるのではないか。

そうしたら、恋のなんたるかを知ることもできるのでは——。

そうだといいと思いながら、シリルは甘い悦びの波に体を揺さぶられていた。

◆　◆　◆

それからひと月ほどが経った、ある日の早朝のこと。

「……くそぅ、なんで騎士団長のこの俺様が！　花婿の手伝いなんぞしなきゃならねえんだよっ！」

「まあまあジェラルド。この前古い城館に行った者の中では、あなたが一番の力持ちなんですから」

「だからってなぁ！」

「それにこれだって、国防にかかわる大仕事だと言えなくもない。民を守るのは、騎士の役目でしょう？」

和真はそう言って、大きな木箱を持つ手に力を込めた。

王宮の西の棟にある書庫の奥、古い文献や史料などが雑多に押し込められた倉庫から、和真はジェラルドと二人で木箱を持って、特別に借りている地下の閲覧室に運んでいるところだった。

中身は古語で書かれた歴史文献だ。魔族との戦いについて記されている箇所があるかもしれないので、あとでシリルとじっくり確かめることになっている。

「あなたに手伝ってもらえてとても助かってますよ、ジェラルド。だからお礼に、今日は少し長めに授業をしますから。宿題もたくさん出して差し上げますからね」

和真の軽口に、ジェラルドがけっ、と吐き捨てながらも、それ以上文句も言わず箱を運んでくれる。宿題なんてと、最初は拒否反応がすごかったのを思うと、ちょっと微笑ましくなってくる。

(なんだか、思いがけないことになったな)

シリルが初めて魔族の侵入を防いだ日の翌朝、和真はシリルとともに、初めて王宮の書庫の奥にある倉庫にやってきた。

当然のことながら、召喚の跡から魔族が侵入しようとしていた件は、あそこにいた五人だけの秘密だ。一応報告を上げたフィルマン国王以外には、くれぐれも誰にも知られぬようにと、モルガンからも念押しされている。

しかし今後のことを考えると、万が一魔族が侵入した場合にどう対処したらいいのか、あらかじめ考えておくべきだと和真は思った。

せっかく古語が読める能力があるので、和真はそれを生かして、シリルと二人で王宮の書庫で召喚魔術や魔族に関連する歴史史料を探し出し、その内容を古語から平易な今の言葉に書き直してまとめる作業をすることにしたのだ。

モルガンの許可は得ているとはいえ、あくまで内密の作業ということで、そのための文献選びや運び出しなどの雑務をジェラルドに手伝ってもらっていたら、ある日彼が古語の読み方を教えてほしいと言ってきた。

古い戦術史料などを自分でも読めるようになりたいから、とのことだったのだが、人に教えるのは自分自身の知識の定着にもつながる。そこで和真は喜んで引き受け、書庫の傍の小さなサロンで、自分が覚えた歴史や召喚魔術についての内容を使って、ジェラルドに古語の説明をすることにした。

するとある日、たまたま通りかかった学生がそれを聞いて、おずおずとこちらに寄ってきた。すごくわかりやすい、一緒に聞いてもいいですか、と言うのでサロンに入れたら、それからもぽつぽつと人が増えて、和真は今では、十人ほどの「生徒」を持つ「先生」になっていた。ここにきて、まさかまた教師の仕事をすることになるなんて、思いもしなかった。

でも、「うつし世」から来た和真に、神官の補佐役だけをさせておくのはもったいないと、リゼットやシリルは考えてくれているらしく、貴族の子弟などに学問を教えることや、ゆくゆくは王立大学の教授を目指すことなどもすすめられている。

どのみちこの世界に骨をうずめることは決まっているので、花婿としてきちんとシリルを支えながら、自分の経験を生かした仕事も得られるのなら、とてもありがたい話ではある。

それに――――。

(僕が古い言語を読めることには、絶対に何か意味があるはずなんだ)

箱を閲覧室に運び終え、ジェラルドが残りの小さい一箱を取りに行っている間に、箱の中から気になっている古い書簡をいくつか抜き出す。

人間同士の戦争が始まるよりも前、まだ隣国のエルフと直接交流があった時代に、エルフととある学者との間でやりとりされた書簡だ。

一般的な古語よりもさらに古い時代の言葉で書かれていて、王立大学の教授に訊いてみても、きちんと読める人はいなかった。その時代の文字や話し言葉の研究もほとんどされていないとかで、あまり関心も持ってもらえなかったのだ。

けれど、書簡に共通して出てくるキーワードを、それより少しあとの時代に作られた辞典に「古い言葉」として載っている単語と引き比べてみたら、和真にはなんとなく意味が取れるようになった。

そしてその手紙には、どうやら何かの暗号文が書かれているようだと気づいた。手紙そのものにも、召喚に関する記述が多くあったので、和真はなんとか解読してみたいと思っている。

「狭間の世界」とは縁もゆかりもなかった自分が、古語を読む能力を持って神官の花婿としてここに召喚されてきたのは、それを読み解くためかもしれないからだ。

だがもちろん、単純に神様か誰かが、気まぐれに人生をやり直す機会を与えてくれただけという可能性もある。

あのときああしていればとか、もっと違うやり方があったかもしれないのにとか。

教師としてはもちろん、二十八年間の自分の人生においても、後悔していることはある。

それを取り戻すことはできなくても、せめて同じ失敗を繰り返すことなく、この世界の人々のために尽くせたら、それはとても嬉しい。

おこがましいとは思いつつ、自分はやはりそういうことを望んでしまうのだ。

誰かのために生きたい、と。

「やあ、おはよう皆さん。朝から勤勉ですね！」

史料の入った箱をすべて閲覧室に運び終え、ジェラルドとサロンに行くと、すでに四人の学生が低いテーブルを囲んで和真を待っていた。

ジェラルドが少し離れた椅子に腰かけたので、和真はコホンと咳払いをして、教科書代わりに使っている古語の本を開いた。

「それじゃ、今日も始めましょうか。『エルヴェ国第三代国王、セザール一世の書簡』の続きからですね。みんなで、順に訳してみましょう」

◆　◆　◆

（すっかり遅くなってしまったけれど、和真はまだ閲覧室にいるかな？）

夕方の王宮の廊下を、シリルは書庫に向かって急いでいた。

今日は昼過ぎから城下に住む貴族の屋敷で出産祝いの宴があり、当初は祝福のためにリゼットが出向く予定だったのだが、持病の腰痛が悪化したために、急遽シリルが代役をつとめてきたのだ。

午前中は、やや珍しい魔法陣の記録が載っているという古文書を貸し出してもらいに、和真とともに郊外の町にある古い神殿まで出かけていた。

シリルがつとめに行っている間に、閲覧室で少し見てみます、と和真は言っていたのだが、内容は読めたのだろうか。

（また何か新しい発見があったりして）

和真と歴史史料を今の言葉に書き直し、まとめ始めて、そろそろふた月くらいが経っているだろうか。

和真は文献を読み込むのが得意で、エルヴェ国建国以降はもちろん、それ以前の、隣国や魔族について書かれた古文書なども楽々読みこなしている。

いくつかの記述を抜き出して仮説を立てたり、ときには大胆な推論をしてみせたりもするのだが、彼の歴史解釈はとても斬新かつ的確で、シリルも発見が多かった。

召喚魔術に関しても、アレオン家に口伝によってしか伝わっていなかった魔族への対処法や封印の手順などが、過去の文書によってきちんと裏付けられたり、「触媒」と呼ばれる、召喚に縁のある物を使ってつとめを行う際の、知られていなかった注意点の研究なども見つかって、リゼットにもとても感謝されている。

かろうじて読むことができる時代よりも、さらに前の時代の言語についても研究を進めていて、ときには一晩閲覧室にこもって史料を読み解いていたりすることもある。

リゼットによれば、今の和真ならすぐにでも王立大学の学者になれるし、神官の能力さえあれば召喚もできてしまうのではないかというくらい、召喚魔術というものをよく理解しているとのことだった。

（……え。シャルル殿下っ？）

書庫の地下に行こうとしたら、階段の手前のいつも和真が古語教室を開いているサロンに、シャルルの金髪が見えたので、驚いて立ち止まった。

部屋の中を覗くと、和真が大きなテーブルに向かって座っており、その膝の上にシャルルがいて、テーブルの上に何冊か広げられた書物を覗き込んでいた。

「おかえりなさい、シリル。おつとめお疲れさまです」

和真がこちらを見て、笑みを浮かべる。

どうしてそういう状態になっているのか訊ねる前に、和真が言う。

「今日はシャルル殿下に、特別講義をするよう仰せつかりまして」

「特別、講義？」

「はい。実は、もう三回目なのですよ」

テーブルに近づいていくと、広げられていたのは絵本や図鑑だった。

絵本は多くの貴族の子弟が幼年学校に上がる前に読むもので、遠い獣の国の話やこの国の成り立ち、歴代の王の逸話などが書いてあり、シリルも幼い頃にリゼットに読んでもらった覚えがある。

図鑑のほうは、魔法陣がたくさん載っている子供向けのもののようだ。

「和真、けもののおうさまのおはなしの続き、読んで？」

「はい、殿下。『さて、獣の王様は皆の困っている声を聞き、自慢の三つまたの槍を手にした。そうして必ずや、悪辣非道な魔族どもを打ち倒さんと』……」

「みつまたのやり、ってなあに？」

「長い棒の先が三つに割れていて、突き刺すように戦う武器のことですよ。エルヴェ国の騎士団でも採用していますね。主に馬に乗って戦う騎兵が使用していると、カーン騎士団長がおっしゃっていました」

「あくらつひどう、って？」

「とてもひどいことを、ためらいなくする、というような意味でしょうか。魔族は皆を困らせているのですから、王様はそのことを言っていると考えられます。たとえば――」

（和真は、シャルル殿下のような幼い子供にも、こんなふうに教えられるんだ……？）

ジェラルドや学生に古語を教えている様子は、シリルも何度か覗いていたが、こんな小さな子供の教育もできるのなら、幼年学校の先生にもなれそうだ。

シャルルもとても楽しそうではあるのだが、乳母のエマや召使いの姿が見えないのは少々気にかかる。もしやまた一人でふらりと出歩いていて、たまたまここに行き着いたのではないか……？

「……あ。ここ、兄さまのいるところだ」

和真が獣の国の話を読み終わったところで、シャルルが図鑑に目をやってぽつりと言った。

和真が首をかしげて訊ねる。

「シャルル殿下の、お兄様ですか？」

「うん。クレマンド兄さまは、ここにいるんだよ？」

シャルルが答えるけれど、和真はいまひとつどういうことかわかっていない様子だ。シリルはサロンの入り口を振り返り、人がいないことを確かめてから、小声で告げた。

「その魔法陣は、二十年前の事故のときのものと、同じなのです」

「例の召喚事故ですか」

「ええ。母と父が命がけで封じた召喚の跡に、それと同じ魔法陣が、皆に見える形で今も残っているのです。年に一度王族だけで慰霊祭を行っていらっしゃいます」

「なるほど、それでお兄様がいらっしゃるところだとおっしゃったのですね」

和真が少し哀しげな表情を見せる。

まだ五歳のシャルルは、当然ながらクレマンドと会ったことはないが、王宮のギャラリーに飾られた肖像画で往時の姿を知っているので、それなりに親しみを覚えているふうだ。時折、まるでクレマンドがすぐ傍にいるかのような物言いをして、周りを驚かせることがある。

でも魔法陣の中にいるだなんて言ったのは初めてだ。いったいどうして、そう思うようになったのだろう。

フィルマン国王は慰霊祭には出るものの、基本的には召喚事故のことを忘れたがっているし、乳母のエマも、わざわざ差し出がましいことを言うような人ではない。

もしかしたら、離宮に住む母親のカミーユ王妃が、シャルルにクレマンドはそこにいるとでも言ったのだろうか。

「もしも和真が興味があれば、慰霊祭のときなら魔法陣を見ることができますよ？」

「それはぜひ見てみたいですが、どこにあるのです？」

「王宮の奥庭です。『王家の庭』と呼ばれる場所なので、普段は入ることができません」

「……王家の、庭……？」

どうしてか和真が、怪訝そうな顔をする。

しばし考えるふうに中空を眺めて、当惑したように言う。

「王家の庭……、なんとなく、どこかで聞いたことがある気がするんですが」

「そうなのですか？　典礼に関する書物ででも、お読みになったのでは？」

「かもしれないですが、うーん……、何か別のところで耳にしたようにも思うのです。さて、どこでだったか……」

和真が首をひねっていると、サロンの入り口からああ、と嘆くような安堵したような声が耳に届いた。

「シャルル殿下！　こちらにいらしたのですかぁ！」

乳母のエマだ。シャルルに笑顔で手を振られ、へなへなと座り込みそうになったので、慌てて駆け寄って支え、傍の椅子へと連れていく。

申し訳なさそうに、エマが言う。

「……恐れ入ります、シリル様」

「いえ、お気になさらず。もしや、またあちこち捜し回っていらしたのですか？」

「いつの間にかお昼寝からお目覚めになって、お一人で寝室を抜け出してしまわれて……。焦りましたけど、見つかってよかったです」

心底安堵したように、エマがため息をつく。

和真が同情するような目で見ながらも、不思議そうに言う。

「初めてお会いしたときも、あなたはシャルル殿下を必死に捜していらっしゃいましたね？とても安全な王宮内なのに、どうしてそんなに焦っていらっしゃるのですか？」

「国王陛下はクレマンド王子を亡くされているので、シャルル殿下にも何かあったらと、不安でいらっしゃるのです。だからお一人にさせないようにと、きつくおっしゃるのです」

「ぼく、ひとりじゃないよ、エマ。いつでも兄さまがいっしょにいてくれるよ？」

無邪気なシャルルの言葉に、エマが同意するように言う。

「それは殿下のおっしゃるとおりでしょう。いつでも冥府から見守ってくださると、陛下も王妃様も常々おっしゃっていますしね。でも、それはそれとしてですね……！」

「まだお部屋にかえりたくないよぉ。和真におはなししてもらうんだもの！」

「殿下〜……」

「僕のほうはかまいませんよ、エマさん。よろしければ、そこで少し休憩なさっていてください。方々駆け回って、お疲れでしょう？」

和真がなだめるように言って、テーブルの上の絵本を見回す。

「ええと、じゃあそうですね……、『十代目国王アルベール二世が、泉のほとりでエルフと出会ったときのお話』を読みましょうか。これならそんなに長くないですし」

歴代王の年代記を取り上げて、和真がまた読み上げ始める。

その話には覚えがある。小さいときに読んでもらった記憶では、確かに長い話ではなかったと思うが、それでも読み終わる頃には日没だ。

どうやら今日の午前中に借りてきた古文書を確認するのは、明日以降になりそうだけれど、シャルルが質問をして和真が答えるやりとりは思いのほか面白く、シリルもつい聞き入ってしまう。

花婿としても先生としても、和真はとても優秀なのだと、改めてよくわかった。

（……おや、彼らも聴講希望かな？）

サロンの入り口に、官吏見習いと思しき少年たちが数名いて、ちらちらと中を覗き込んでいる。サロンに招き入れてやろうと、身を乗り出すと――。

「……っ！」

少年たちの背後、部屋の中からは見づらいところにフィルマンが立って、シャルルに本を読み聞かせている和真を注視しているのが見えたから、危うく叫びそうになった。

慌てて席を立とうとしたが、フィルマンがさっと手で制し、小さく首を横に振ってからまた和真のほうを見たので、すんでのところで思いとどまる。

そのまま身動きもできずにいると、やがてシャルルが和真に訊ねた。

「和真、ぼくもエルフとか、けもののおうさまに会える？」

「さあ、そうですね、今はお隣の国とは国交がないので、難しいかもしれませんね」

「こっこうって？」

「親しく付き合ったり、行き来し合うこと、でしょうか」

「どうしてそうしないの？」

「昔の国王陛下が、そのようにお決めになったからです」

「なんでそうしちゃったんだろう？　ぼく、エルフに会ってみたいなあ。けもののくにのおうさまにも。和真も、そう思うでしょう？」

シャルルが無邪気に言って、小首をかしげる。

「お父さまは、どうして仲良くしないのかな。クレマンド兄さまも、きっとエルフやけものに会いたいって思っているよ？　もしかして、こわいのかな？」

「……あー、オホン！　私は怖くなどないぞ、シャルル！」

こっそり覗き見ているのが面倒になったのか、フィルマンが咳払いをしていきなり部屋に入ってきて、シャルルの疑問に答えた。

皆驚いて目を見張り、焦って立ち上がろうとしたが、フィルマンはまたも皆を手で制し、和真に言った。

「そなた、和真といったか。ずいぶんとシャルルに好かれておるな？」

「は……。ありがたくも、お引き立ていただいております」

和真が驚きながらも落ち着いて答えて、それからややへりくだった口調で言う。

「ですが、家庭教師でもないどうせ家庭教師など、このように差し出がましくも殿下に……」

「いや、よい。どうせ家庭教師など、今まで誰も長続きしなかったのだからな」

フィルマンが遮るように言って、それからどこか探るように訊いてくる。

「それよりも、だ。ジェラルドによれば、そなたはずいぶんと昔の言葉に通じているというではないか？」

「完璧ではありませんが、多少は」

「ふむ、そうか」

フィルマンが何か考えるふうに黙って、それから和真に告げる。

「では、よければこの私にも、少々古語を伝授してくれぬかの？」

「……私めが、ですか？」

「そうだ。シャルルがああ言ったからではないが、隣国からの書状や貢物を、交流が絶えたからといって捨て置くばかりなのはいかがなものかと、常々思っておってな。そなたに読み解くのを手伝ってもらいたいのだ」

(国王陛下……、もしや、和真に関心をお持ちなのか？)

フィルマンが長年交流のない隣国についてそんなふうに言うのは意外だったし、疎ましく思っている神官の花婿である和真のことも、当然に毛嫌いしているものと思っていた。

でも、何かがフィルマンの心を動かしたようだ。人見知りのシャルルがこんなにも懐いていることで、わずかなりとも和真に好印象を抱いてくれたのだろうか。

「私でよろしければ、もちろんお教えいたします、陛下」

和真の返事に、フィルマンが満足げにうなずく。

シリルもどこか嬉しい気持ちになりながら、和真の顔を見ていた。

そんなことがあってからしばらくすると、評判を聞きつけた貴族や官吏たちが、和真の講義を聴きたいと集まってくるようになった。

幼年学校や貴族の子女向けの寄宿学校などからも講義の依頼があり、やがて和真は、週に二回程度、王立大学の構内で貴族の青少年を対象にした歴史の講義を引き受けることとなった。

シリルはもちろん、リゼットも、和真が能力を生かした仕事に就けたらと思っていたので、今の状況を歓迎している。

でも当然ながら、それはシリルと和真が別々に過ごす時間が増えるということでもあって……。


「……ふう、ちょいとばかり疲れたね、シリル」

「そうですね。驚きましたよ、あんなに大きいのが四つもあるなんて」

とある夕刻。つとめからの帰りの馬車が王都の目抜き通りに差しかかったあたりで、リゼットとシリルは言葉少なに言い合った。

今日は郊外の集落で、古い召喚の跡を魔法陣で再封印する作業をこなしてきた。

かなり直径の大きい召喚の跡の、四つのうち二つは、ただ古くなって魔法陣の効果が薄くなっていただけだった。

だが残りの二つからは、例の透明な触手のようなものがにょろにょろと出ていた。補佐役としてついてきてくれたリゼットにも手伝ってもらってどうにか封じたものの、かなり魔力を消費した。

それさえなければそのまま屋敷に帰ることができたのだが、魔族を封じた場合には急ぎモルガンに報告することになっているため、王宮に向かっているのだ。

(和真に、癒やしてもらいたいな)

彼と一緒につとめに出ていれば、手をつないでもらったり、キスやハグである程度疲れを癒やしてもらえたのだが、今日は和真が貴族の子女に講義をする日だった。

今の時間はまだ講義中で、終わったあとも質問を受けつけたり、教師同士の会合などもあるそうなので、帰宅するのは夜になってからだろう。

彼が召喚されてくる前は、疲労は食事と睡眠で回復していたし、今日だって報告を終えたら早く帰ってゆっくり休めばいいだけだと、わかってはいるのだが。

(……なんだか少し、寂しい)

この世界に召喚されてきて、花婿になってはくれたけれど、和真にも和真の時間が必要だろうと、シリルはそう思っている。

お互い大人なのだし、自立した人間でありたいとも思っているのだけれど、こんなふうにつとめで疲れているときは、すぐにでも彼に会いたかった。

別に触れ合いたいとか、抱き合いたいとか、そういうことではないのだ。

笑顔でおかえりなさいと言われ、優しくねぎらってもらえたら、もうそれだけで疲れなど忘れられる。もしも彼も疲れているときなら、お互いに疲れたねと、そう言い合うだけでもいい。

ただ彼が、傍にいてくれたら。

和真が「先生」を始めてから、シリルはいつの間にか、そんなふうに思うようになっていた。

「……あんた、わかりやすい子だね、シリル」

「……？」

「切ない顔して。和真に会いたいんだろ？」

「せ、切ない顔、なんてっ！」

まさかリゼットにもわかるほどに、会いたい気持ちが顔に出ていたなんて思わなかった。

返す言葉もなく頬を熱くしていると、リゼットが不意に御者に馬車を止めさせた。

そうして薄い笑みを見せて言う。

「そこの路地を真っ直ぐ行ったら、王立大学の裏門に出るよ」

「えっ。で、でも……」

「モルガン殿下には、あたしがちゃんと報告しとくから。癒やされておいで」

「おばあ様……」

嬉しい計らいではあるが、いいのだろうか。リゼットにも和真にも甘えすぎではないかと迷っていると、リゼットが秘密めかした声で言った。

「ここだけの話だけどね。あたしにもそういうときがあったんだよ。死んだじいさんが若い頃は、そりゃいい男だったからね！」

「おばあ様にも、そのような……？」

「レナだってそうだったよ。人なんてのは、会いたいと思ったときに会っておくべきなのさ。だからほら、気にせず行っといで！」

「……は、はい。ありがとうございます、おばあ様！」

思わぬ勢いで会いに行くようすすめられ、馬車を降りて路地を走り出す。

こんなふうに、湧き上がる情動に素直に従うみたいなのは、もしかしたら初めてかもしれない。

夜になれば家で会えるのに、今すぐ会いたいと思い立って、ただそのためだけに街を駆けているなんて、冷静に考えるとちょっと普通じゃない気もする。

でも会いたいと思ったときに会っておくべきというのは、リゼットに言われると本当にそうだと思えるし、自分に今、それができることを嬉しくも思う。

今すぐ和真に会いたい。彼の笑顔を見たい。

リゼットやレナもそう感じたのだとしたら、この感情の名前がシリルにもわかる。

たぶん、「恋しい」という気持ちだ。

（和真が、恋しい……）

心の中で思ってみただけで、胸がドキドキしてくる。この先に彼がいる、もうすぐ会えるのだと思うと、体中が喜びで満ちてくるようだ。

もしかして、これが恋心というものなのか……？

「……まあ、そうですの？　パーティーにいらっしゃらないなんて、とても残念ですわ」

「本当に。もっと早くにご招待すればよかったですわね」

「和真様がいらっしゃるのを、皆とても楽しみにしておりましたのよ？」

王立大学の構内に入り、和真が講義をしている教室を探しながら、校舎の中を歩いていたら、通り過ぎた教室の中から若い女性が話す声が聞こえてきた。

和真という名はほかに聞いたことがないので、開いていたドアの隙間からちらりと中を覗くと、そこには和真と、若い貴族の女性たちが三人ほど、彼を取り囲むようにして立っていた。

（パーティーって、なんの話だろう？）

確か今日の和真の講義は、十代前半の貴族の子供たち向けだと言っていた気がするが、彼は基本的に見学希望者はいつでも歓迎している。

彼女たちもそうだったのかもしれないし、和真も穏やかな表情で接しているのだが、講義への質問というわけではないし、何か少し妙な雰囲気だ。

女性たちは、シリルよりもやや年上だろうか。

皆美しく着飾っていて、髪も当世風に優雅に巻き上げている。ほんのり香水のいい匂いもしてくるし、頬は上気していてほのかな熱情が垣間見える。

まるで和真に言い寄ろうとしてでもいるみたいだと思った瞬間、女性の一人がぐっと和真に身を寄せて告げた。

「ねえ、和真様？　ではこういうのはどうかしら？　今週末わたくしの屋敷で開かれる、私的なお茶会にお越しいただくというのは？」

「まあ、それはいい考えだわ。パーティーよりもゆっくりお話ができますものね」

「私たち、本当に歴史にとても興味がありますの！　ぜひお話がしたいですわ」

こう言っては失礼かもしれないが、とてもそうは見えない。お茶会はただの口実で、和真と親密になりたいだけなのではないか。

色恋に疎いシリルにもわかるほど、あからさますぎる言葉と態度に、何やら胸がざわざわしてくる。

こんな誘いはきっぱりと断ってほしい。知らず呼吸が浅くなるのを感じながら、成り行きを見守っていると、やがて和真が穏やかな顔つきのまま言った。

「……お茶会ですか。それは楽しそうですね」

和真が女性たちを見回して、小さくうなずく。

「もちろん、それほどまでに熱心に学びたいということでしたら、お応えするのはやぶさかではないですよ」

「まあ！　本当ですか！」

「ええ。一通りお教えすることはできるかと。あなた方が一番に興味をお持ちの分野を、教えていただければ」

（……そんなの、あるわけないのに……！）

見え透いた罠に引っかかるみたいな和真の返事に、焦れ焦れしてしまう。

シリルと違い女性の扱いには慣れていると思っていたのに、気を持たせるような言い方をするなんて、どういうつもりなのだろう。

まさかとは思うが、こういうふうに言い寄られて、まんざらでもないのだろうか。

そう思ったら、なんだか取り乱しそうになってきた。

女性たちの前で声をかけたりはとてもできそうになかったから、シリルはくるりとドアに背を向けて歩き出そうとした。

でもその拍子に、マントの裾についている硬い房がドアにこつんとぶつかってしまい……。

「……シリル？」

「っ！」

「待って。どうして行ってしまうんです？」

和真が追いかけてくる気配があったから、シリルはいたたまれず、早足で廊下をズンズンと進んだ。

でも、和真は自分の花婿だ。自分から立ち去っているのに、どうしてこんなふうに逃げるみたいにしないといけないのかわからず、少しばかり混乱してくる。

開いていた戸口から校舎を出たら、そこは校舎に囲まれた中庭で、あたりはだいぶ暗くなっていた。

大きな落葉樹の木の下で立ち止まると、和真が傍まで来て、軽く声をかけてきた。

「シリル、少々お顔の色がすぐれませんね？」

「……」

「何か少し、元気がないようにも見受けられます。もしや、ひどくお疲れなのではありませんか？」

いつになく頑なな気持ちになっていたが、真っ先に体調を気づかってくれると、やはり嬉しい。おずおずと振り返ると、和真が真っ直ぐにこちらを見つめて訊いてきた。

「今日は、リゼットさんとご一緒だったのですよね？　おつとめはいかがでした？」

「特に、何も」

「そうですか。でも、なんだかとても具合が悪そうだ。もしも何かあったのなら、話してくださいませんか？」

つとめで疲れてはいたが、そこまで疲れきってはいないと思う。具合が悪そうに見えるとすれば、たぶんこの乱れた気持ちのせいだろう。

心の中にごうごうと強い風が吹いて、真っ直ぐに立っていられない。どうかするとワッと感情的に叫んでしまいそうな、落ち着かない気持ち。

でも、これをなんと説明したらいいのかよくわからないし、言葉にして話して聞かせるなんてみっともないと、どうしてかそんな思いもある。

シリルは首を横に振って言った。

「何もなかったです。だから、話すことはないです」

「シリル……」

「あなたこそ、先ほどのご婦人たちと、まだお話があるのでしょう？　私は先に帰っていますから……！」

「シリル、どうか待ってください……！」

再び歩き出そうとしたら、和真が優しく手を取って、さっと前に回り込んできた。

うつむいた顔を覗き込んで、和真が告げる。

「あなたと私とは、なんでも話せる関係であろうと、お互いつとめてきたはずです。なのにあなたが思っていることを話せないのだとしたら、それは僕のせいかもしれませんね」

「和真……」

「何か気を悪くさせてしまったのなら謝ります。だからどうか、話すことはないなんて、そんな哀しいことを言わないで？」

「……あ……」

思わず顔を上げると、和真はひどく切なそうな表情をしていた。

改めて振り返るまでもなく、今のシリルの態度はとても悪かった。あんなふうに言うつもりはなかったのに……。

「ご、ごめんなさい、和真！　あなたのせいじゃないんです。ただ私が、勝手にわけがわからない気持ちになっていただけでっ」

「わけがわからない気持ち……？」

「はい。自分でも、よくわからないんです。でもさっき、美しい女性たちに囲まれていたあなたを見たら、なんだか心が、嵐みたいになってしまって……！」

「……嵐、みたいに……？」

和真が怪訝そうに言う。

けれどすぐに、何事か思い至ったかのように、目を丸くしてこちらを見た。

ふふ、と小さく笑って、和真が言う。

「なるほど、そうだったんですか。あなたは、妬いてくださったんですね？」

「妬、く……？」

（……って、嫉妬の、こと？）

ざわざわと乱れた気持ちにすっと言葉を与えられ、今度はこちらが目を見開いた。

こんな感情になったのは初めてだったけれど、そう言われてみればこれ以上的確な言葉もない。だから説明するのはみっともないと感じたのかもしれない。

嫉妬するなんて、花婿である和真の気持ちを疑うようなものだからだ。

自分をひどく恥ずかしく思い、しょげてしまいそうになるけれど。

「先ほどの女性たちのことを、僕はどうとも思っていません。だからあなたが妬く必要なんて、少しもありませんよ」

和真が言って、握ったままのシリルの手を持ち上げてそっと口づける。

「だけど、僕は嬉しいです。あなたがそういう気持ちになってくれたことが」

「嬉、しい？」

「だって妬いてくれたってことは、あなたの中に、僕を想う気持ちがちゃんとあるということでしょう？」

「……！」

「あなたが僕のことを少しでも好きになってくれているなら、僕はものすごく嬉しいんですよ」

「そんな、少しでも、だなんて！　私はっ……、私が今、ここに来たのは……！」

和真が恋しかったから――。

そう告げようとしたところで、わあ、と子供が騒ぎ立てるみたいな声が聞こえてきたから、思わず口をつぐんだ。

和真が少し険しい顔で声がしたほうを見ると、幼年学校に通う貴族の少年たちが数人、向かいの校舎から駆け出てきた。

そのあとから、小柄な男の子が半べそをかきながら追いかけてくる。

「返せぇ、返せよぉっ」

「へ、取れるもんなら取ってみろ〜！」

どうやら男の子の持ち物をほかの少年たちが取り上げ、投げ合って男の子をからかっていじめているみたいだ。

取り返そうとした男の子が足を滑らせて転んだので、仲裁に入らなければと思った途端、和真がすっとそちらに近づいて鋭く告げた。

「嫌がらせはやめなさい。今すぐそれを彼に返すんだ」

怒鳴ったわけでもないのに、和真の声は有無を言わせない強い圧を持って中庭に響いた。

少年たちがびくりと肩を震わせたのが、夕闇の中でもよく見える。

「か、返すよ！　ほらっ！」

一人の少年が慌てたように言って何かをぽいと投げ、そのまま走り出すと、ほかの少年たちもあとに続いた。何事もなかったみたいに逃げるつもりなのだろうか。

「……あ、こら！　待ちなさい！」

「追わなくても大丈夫ですよ、シリル。彼らが誰かはわかっていますので」

追いかけようとしたシリルを制して、和真が言う。

それから男の子に駆け寄って助け起こし、あたりを見回して、先ほどの少年が投げ捨てたものを捜しているふうなので、シリルも見回すと、中庭の花壇の花に、それらしいものが引っかかっているのを見つけた。

拾い上げてみると、それは銀の鎖がついたクリスタルのペンダントだった。

「ありましたよ！」

男の子のほうに持っていきながら、ペンダントを眺める。

ずいぶんと年代物のようだ。ペンダントヘッドはひし形にカットされていて、やや重みがある。表面が摩耗してしまっているが、よく見てみると、エンブレムのようなものが彫られているのがわかった。

これは、昔の神官家の家紋ではないだろうか。

「嫌な目に遭ったね。怪我はないかい？」

「大丈夫、です」

「そう？　あとからどこか痛くなってきたりしたら、必ず教えてね？」

和真が言って、シリルの手元を見る。

男の子にペンダントを渡すと、彼はそれをとても大切そうに胸に抱いた。

「きみはいつもこれを身に着けているね。大切なものなのかい？」

「先生……、僕のこと、見てたんですか？」

「きみは僕の生徒だからね。あの少年たちが何かときみにちょっかいを出すのも、気になっていたよ」

和真の言葉に、男の子がびっくりしたような顔をする。

ペンダントに目を落として、男の子が言う。

「これは、その……、母の形見なんです。母は、祖母から、祖母は、そのまた母から、ずっと大事にしてきたもので……」

「あなたのお母様は、かつての神官家の血を引いていらっしゃるのですね？」

シリルの問いかけに、男の子がはっとこちらを見た。和真も少し驚いたような顔をしているので、シリルは続けて言った。

「エンブレムに見覚えがありますよ。百年ほど前までは、神官家同士、我がアレオン家とも交流があったはずです。このペンダントは、祭事のときに代々の神官が身に着けていらしたものではありませんか？」

シリルの言葉に、男の子がうなずく。そうしてぽつりぽつりと言う。

「誰も信じてくれないけど、僕には母や、祖母たちの声が、聞こえるんです」

「声が？」

「このペンダントを持っていると、話をすることもできる。でもあいつらは気味悪がって、僕のこと嘘つきだって言うんだ。誰もわかってくれない……」

男の子の消え入りそうな声に、胸が痛む。

かつての神官家に生まれた子供には、ときどきこういう子がいる。神官の能力の名残だといわれているが、ほとんど無視されているのが現状だ。

今現在も血筋を保つ唯一の神官家、アレオン家の神官として、できれば力になってやりたいとは思うが、なんと言ってやればいいのだろう。かけるべき言葉を考えていると、和真が男の子の肩をそっと抱いて、顔を覗き込みながら言った。

「それはつらかったね。きみは本当のことを言っているのに、それを嘘だと言われるほど哀しいことはないと、僕は思うよ？」

「先生……」

「僕はきみの言うことを信じるよ。よかったら、今度きみの話をじっくり聞かせてほしいな」

和真の言葉に、男の子がどこかほっとしたような顔をする。和真は味方だと、そう思ってくれたのだろうか。

「シリル、このまま彼を、家まで送りたいと思うのですが……」

「それはいい考えだと思います！　私も一緒に行きましょう。私にも、おうちのことを少し教えてもらえませんか？」

男の子が小さくうなずく。

帰り支度をしてくると、校舎に入っていく和真を、シリルは男の子と一緒に見送っていた。


「……そうですか。では、あのような子供はほかにも多くいるのですね？　リゼットさんも、会ったことが？」

「あるよ。けど、モルガン殿下が昔の神官家の血を引いていて、神官の能力の一部を持っているってことを公にされるまでは、そもそもいないことになっていたんだ。本当は昔から、一定数いたんだろうにね」

男の子を家まで送ったあと、アレオン家の屋敷に戻ると、ちょうどリゼットも帰ったところだった。

和真と三人で夕食をとり、寝る前のひととき、サロンでくつろぎながら今日の出来事を話しているうち、あの男の子の話になった。寝酒を口にしながら、リゼットが言う。

「花婿を召喚して跡継ぎを生まない限り、神官の能力は薄れていくが、実は貴族の中には、途絶えた神官家の血を引く人間はそこそこいるのさ。でも何か能力があっても、隠す子供が圧倒的に多いね」

「それはやはり、召喚魔術が古い時代の遺物といわれ、軽んじられている世の中だからでしょうか？」

「そうさ。なんでも昔のことは古くさく、意味がないものだと思われてる。獣の国やエルフの国についても、幼年学校に入れば話題にも出ない。召喚なんて、あんなものはまやかしだとか言う者すらいるくらいでね」

リゼットが言って、首を横に振る。

「なんなら現役の神官家に生まれたあたしだって、子供の頃には心ない言葉の一つや二つ浴びせられたよ。シリルもそうだろう？」

「ありましたね。ちょっとしたからかいや嫌がらせもありましたし。幼年学校に通っていた頃は、よく物を隠されたりしました」

「そんなことがあったんですか？」

「ええ。何か面白いものを召喚してみろとか、そういうのもありましたよ。能力を遊びで使

ってはいけないと言われていることや、命の危険があることなどを逐一真面目に解説してい
たら、からかいがいがないと思われたのか、そのうち言われなくなりましたけど」
幼年学校の途中から屋敷に家庭教師に来てもらうようになったので、シリルにはそのほか
にはいじめられた記憶はないのだが、周りの大人たちがあまり頼りにならなかったのはよく
覚えている。
でも、今日の和真はちゃんと子供を安心させ、味方であることを示していた。和真は教師
としてああいう場面に慣れているのだろうか。
「まあ、人間大人になるまでにはいろんなことがあるからね。せめてその子が真っ直ぐ育っ
てくれたらいいんだが」
リゼットが言って、ゆっくりと立ち上がる。
「さてと、あたしゃもう寝るからね。あんたたちもあまり夜更かししなさんなよ」
「はい。おやすみなさい、おばあ様」
「おやすみなさい」
和真と二人でリゼットを見送って、シリルも少し寝酒を飲む。
それから和真の顔を見て、しみじみと言った。
「今日の和真に、私は感銘を受けましたよ」

「え、そうですか？　いったいなぜ……？」

「私は、あの子に神官としてどう助言をしたらいいのかと、とっさにそれしか考えられませんでした。でもあなたは、あんなふうに子供の気持ちに寄り添う言葉をちゃんとかけてあげていて。すごいなって思いました」

和真の人となりを知っていて、それが口先だけのものでなく、心からの言葉だとわかっているから、シリルはなおさら尊敬してしまう。

けれど和真は、シリルの言葉になんとなく居心地が悪そうな表情を見せた。

どこか哀しげな笑みを浮かべて、和真が言う。

「寄り添えなかった子供も、たくさんいましたよ。正直、自分の力不足ばかりを感じていた教員時代でしたし」

「そうなのですか……？　とてもそんなふうには見えないのに」

和真が「うつし世」にいたときのことを、これまであまり聞いてこなかった。和真はなぜ、親の反対を押し切ってまで己が意志を貫いたのだろう。

「和真は、なぜ教師になろうと思ったのですか？」

「誰かのためになりたかったのです。特に子供や年若い人は、苦しい境遇にいても逃げ出せなかったりしますし、そういう人を支えたくて。それなら、教師がいいかなと」

和真が答えて、ふふ、と小さく笑う。

「結果、この世界に来ても同じようなことをしている。あなたを補佐する花婿という役割ともども、ある意味天職なのかもしれませんが、それでも思い出すのは、もっと違うふうにすればよかったと後悔したことばかりです」

「後悔……」

「危なげな様子を見守っていたつもりだった子が、心を閉ざして去ってしまったり、ちゃんと気にかけていたはずなのに、ほんの一瞬目を離した間に、取り返しがつかないことになったり。哀しいことも、たくさんありましたから」

丁寧に言葉を選ぶように、和真が言う。

「だからあるときから、僕の心には、人に寄り添えるなんて思い上がりだと、そんな気持ちが芽生えてしまった。そんなことはないと否定する気持ちとの間で心がひどく消耗して、やがては思考停止に陥って。ここに召喚されてきたときは、心身ともに疲れきっていました。見た目にもそれが表れていたでしょう？」

少しおかしそうに言われ、シリルは和真の姿を初めて見たときのことを振り返った。

心がどうだったのかはわからなかったが、見た目は確かにぼろぼろだった。

「でも、この世界であなたに会って、あなたの花婿として過ごす間に、思い出したんです。

僕はいつだって、そのときできることは精いっぱいやってきたつもりだし、これからもそうしたいって。自分は万能ではないと知っていれば、人とつながることができる。それは弱いということではないのだと。だって人は、一人では生きられないのですから」

「和真……」

「うつし世」で和真がどんなことを経験してきたのか、シリルにはわからない。

でも哀しいことがあって、それでもなおそう言えるのは、和真がひねくれたところのない、真っ直ぐな人だからだろう。

本当に和真は、自分にはもったいないくらい素晴らしい人間だ。

対して自分はどうだろう。彼に花婿になってもらえるに値する人間なのだろうかと、少しばかり心配になってくる。

「やっぱり、和真はすごいです。私も、もっと頑張らないと」

「何を言うんです。あなたは十分頑張っているじゃないですか」

和真が驚いたように言って、そっとシリルの手を握る。

「生まれたときから、ずっと神官として生きてきたのでしょう？　もうそれだけで、花丸ですよ」

「花、丸？　……あ……？」

そっと体を抱かれて、ドキリと心拍が跳ねた。シリルの髪を優しく撫で、ちゅっと耳に口づけて、和真がささやく。

「くるくるっと渦巻きを描いて、その周りを花びらみたいに縁取った、手書きの印章みたいなものです。よく頑張りましたね、っていう意味ですよ。あなたは、とても偉いですよ」

「か、ずま」

ぎゅっと体を抱き締められて、どうしてかちょっと泣きそうになる。

それこそ、教師が生徒に言うような褒め言葉だけれど、自分はずっとそう言われることを求めていたのかもしれないと、不意に気づかされる。

和真に欲しい言葉を与えられ、温かい腕に抱かれているだけで、なんだか心が解放されていくようだ。きっと先ほどの男の子も、こんな気持ちだったのだろう。

でもシリルの心にはほんの少しだけ、ざわつくような感情も湧いてくる。

和真の優しさや温かさを、独占したい。誰かほかの人ではなく、自分にだけ向けてほしいというような、ひどく子供じみたわがままな気持ち。

もしかしたらこれも、嫉妬なのだろうか。

そして嫉妬心を抱く自分は、もうどこまでも深く、和真に恋をしてしまっている……？

（でも、妬いたりしなくても、和真はもう、私に愛情を向けてくれているじゃないか……？）

和真がシリルに向けてくれるまなざしは、ほかの人に向けるものとは違う。

和真がくれる優しさや温かさは、花婿としての愛情の表れで、そこには正式な絆を結べば生涯の伴侶となるべき者としての、自覚や重みが感じられる。

神官を支える者として召喚されてきたこの世界に根づき、皆と暮らしていくため力を惜しまず学んで、それを人のために役立てようという姿勢がある。

彼の真摯な態度が偽りのないものだと思えばこそ、シリルも和真に惹かれたのだと、ようやく自分の気持ちを自覚する。

今すぐに会いたいと、駆け出してしまいたくなるほどに、自分は彼に恋をしているのだと。

「あの……、和真？」

「なんです？」

「その……、私は、今日は本当は、モルガン殿下にご報告に上がって、終わったらそのまま屋敷に帰るはずだったんです」

シリルは言って、おずおずと和真の顔を見つめた。

「でも、どうしてかすごく和真に会いたくなって……。だから途中で馬車を降りて、教室まで行ったんです。あなたがとても、恋しかったからっ……」

「シリル……、本当に？」

和真の顔に嬉しそうな笑みが浮かんだから、こちらもかあっと顔が熱くなった。

自分は確かに、和真に恋してる。そして嫉妬などする必要もないくらい、彼もシリルを想ってくれている。

そのことにじわじわと喜びを感じていると、和真があ、と何かに驚いたような声を発した。

どうしたのだろうと小首をかしげると、和真が彼の胸に手を当てて目を閉じた。

「ああ、そうか。こういうふうに、なるんだな」

和真が独りごち、ゆっくりと瞼を開く。そうしてこちらを見つめたまま、おもむろに服の胸元を緩める。

「……！」

彼の胸に刻んだ仮の絆の刻印が、今までにないくらい赤くなっていて、やや盛り上がっている。

何も言わずとも彼の想いが伝わって、胸が激しく高鳴ってくる。

艶めいた目をして、和真が告げる。

「あなたが恋しいと言ってくれて、僕は本当に嬉しいです。あなたと離れている時間が長くなるにつれて、僕もそう思うようになっていましたから」

「和真……！」

「できればベッドで、この嬉しさを体で伝えたい。そうさせてくれますか？」

「もちろんです！　私もあなたに、想いを伝えたいです……！」

耳に届いた自分の声は、かすかに濡れている。

どこまでも甘く抱き合う予感に、シリルは胸を震わせていた。

◆　◆　◆

（よほど疲れていたんだな、シリルは）

奥の間のベッドに横たわり、すやすやと気持ちよさそうに眠るシリルの顔を眺めて、和真は知らず笑みを浮かべていた。

互いに惹かれ合っていることを自覚しながらするセックスは、今までの行為よりも甘く幸福感に満ちていたが、シリルは今日、つとめで魔族を封じたと言っていた。

その上可愛らしくやきもちを焼いたり、神官の血を引く男の子を気づかって一緒に家まで送ったりと、イレギュラーなことも重なったためか、一度抱き合って和真が飲み物を取りに行っている間に、眠ってしまっていたのだ。

でも、心身ともに満ち足りたのか寝顔はとても穏やかで、こうして見ているだけでこちらも心が満たされる。じきに正式な絆を結び、この先ずっとシリルとともに生きていくのだと思うと、明るい気持ちにもなってくる。

それにしても……。

（やっぱり予言なのかもしれないな、あの書簡の暗号文は）

そっとベッドを抜け出し、燭台を持ってライティングビューローのところへ行く。

そこには例のエルフの書簡に書かれた、暗号文のようなものを解読したメモが置いてある。といっても、むき出しにではない。自分で古語で書き写したメモを、当たり障りのない歴史文献の紙の束に挟み込み、ぱっと見ただけでは読めないように保管してあるのだ。

ろうそくの明かりの下でそれを広げて、和真は目を落とした。

『――――よって、愚鈍な民たちに迫害され、人の世より秘術の使い手の多くが失われたのち、邪悪な者どもが再び地上に現れようとするだろう』

『王家の世継ぎは生け贄に捧げられ、人の世から消え失せる』

『事の始まりは、魔王の叫びを聞く者』

『かの者は邪悪に魅入られ、やがて災厄の扉の鍵を開けて、狭間の世界を破滅へと導かんとし――――』

不穏な言葉の数々に、知らず眉根を寄せる。

エルフの書簡に隠された暗号文を解読し始めた当初、和真はそれを、シリルなりリゼットなりに気軽に話して聞かせるつもりだった。

だが解読を進めると、何かおどろおどろしい、まるで黙示録のような内容になってきたので、まだ彼らには教えていない。

独りでこつこつと解読しては、内容を吟味することを繰り返していたのだが、このところ、そのいくつかがすでに起こった歴史上の事柄を意味していることに気づき始めていた。

魔族を封印したのち、召喚魔術が廃れていったこと。クレマンド王子が召喚の穴にのみ込まれた二十年前の事件。そして魔族がこの世界に侵入しようとしている現実。

それらは明らかに書簡の内容と一致している。

そして今日遭遇した出来事によって、和真はさらに確信を深めた。

この書簡に書かれた暗号文は、エルフによる予言なのだと。

『わずかに血をつなぐ善良なる子供らは、祖先の声を聞く。だが愚鈍な民たちが、その者の声を聞くことはない』

昨日まで、この文言の意味はよくわからなかった。

だがこれは間違いなく、今日話したあの男の子のような、すでに途絶えてしまった神官家の血を引く子供のことではないか。いないことになっていたとリゼットも言っていたし、やはり彼のような能力を持つ者が今までにも多くいたのだろう。

ということは、『魔王の叫びを聞く者』も、予言どおりこの世界に現れるのかもしれない。

それどころか、もしかしたらすでに存在している可能性もある。

やはりそろそろ、モルガンかフィルマンに話してみるか。

(国王陛下に直接伝えたほうがいいかな。ここまでくると、さすがに)

あれから和真は、時折フィルマンに古語を教えている。

交流が絶たれて以来、何百年も放っておかれた書状や貢物に添えられた送り状などを読んだフィルマンは、今エルフの国や獣の国に、国交を求める親書を書き始めているところだ。

エルフの国と交流ができるようになったら、書簡の暗号文がエルフによる予言なのか、彼らに直接訊いてみることができるかもしれない。

そしてあれが本当に予言だとわかったなら、これから起こるかもしれない災厄からこの世界を守る方法を、急ぎ考えなければならないだろう。

でも、もしも予言がすべて現実になってしまうのだとしたら、全部を話すのはあまり得策ではないかもしれない。なぜなら――。

『――ゆえに、王家の血を引くかの者の肉体は、魔王の依り代となりて滅び、永遠にこの世から消え失せることだろう』

これが誰のことを言っているのか、そもそも今現在のことなのか、それともすでに起こったことなのか。

前後に直接内容がつながる書簡を見つけていないので、よくわからない。

だが、さすがにこれをそのまま話すのはまずい気がする。伝えるにしても時を選んだほうがいいだろう。

それとは別にもう一つ、にわかに気になり出したメモがある。

『災厄の扉が開いたそのとき、神官は闇にのまれ、永劫に時を止めた混沌の淵に落ち――』

ぞっとする文言に、思わずベッドのシリルを見る。

この記述を見つけたのが、世継ぎの生け贄について書かれた書簡だったので、和真はこれを、二十年前の召喚事故のときのことだと思っていた。

だが、必ずしも時系列に沿って書かれているわけではないだろうし、もしかしたらこれから起こることなのかもしれない。

だとしたら、シリルかリゼットに危険が迫っているということだ。予言を知っている以上、なんとしてでも阻止しなければならない。

(僕はシリルの、花婿なんだから)

愛する人たちを守るのは、花婿の仕事だ。この世界に召喚されてきた以上、ほかのどんなことよりも、それこそが自分のなすべき責務だろう。

そのためにも、まずは少しでも早く書簡の暗号文を解読しなくては。

和真は改めてそう思い、メモをしまって、ろうそくの火を吹き消した。

◆　◆　◆

（もうそろそろ、正式な絆を結んでもいいんじゃないかな？）

和真の胸の、赤みを増して盛り上がった刻印をうっとりと眺めながら抱き合った晩から、数日が経ったある日のこと。

シリルは和真と一緒に馬車に揺られながら、彼との結婚について考えていた。

今日はシャルルとフィルマンが、カミーユ王妃が暮らす離宮まで面会に行く日で、シリルと和真に同行するよう命令が下ったため、向かっているところだ。

シャルルはフィルマンとともに数か月に一度カミーユの元を訪れているのだが、今までは同行するのは護衛のジェラルドや乳母のエマくらいだった。

時折カミーユが王宮に滞在することもあったが、召喚事故の記憶を思い出させるかもしれないからと、リゼットやシリルは長年カミーユと顔を合わせることを控えていたので、もう何年も顔すら見ていない。

だが花婿の和真がシャルルに気に入られたためか、カミーユが和真に興味を持って、二人に会いたいと言ってくれたので、フィルマンが同行を許可してくれたのだ。

シリルもカミーユに会うのは本当に久しぶりだし、和真のほうも、離宮の書庫に気になる文書が保管されているらしい、という話を聞いてぜひ見せてもらいたいと言っていたから、たまにはこういうのもいいだろう。

できるならカミーユにも、和真のことを知ってほしいし……。

「母さまー！」

離宮に着き、城内に入ると、シャルルがエマの手を離れて嬉しそうに駆け出した。

その先にはカミーユが立っていて、美しいドレスの裾に顔をうずめたシャルルの頭を優しく撫でる。

「よく来てくれたわね、シャルル。会いたかったわ」

「ぼくもー。母さま、今日はおかげんがいいの？」

「ええ、とてもいいわ。……陛下も、よくおいでくださいました」

フィルマンとカミーユとが、そっと抱擁し合う。カミーユの顔を見て、フィルマンが笑みを見せる。

「なるほど、今日はとても顔色がよいのだな。最近はふさぎ込むことが減ってきたと、侍従からも聞いてはいたが」

「シャルルが字を覚えて、毎日のように励ましの手紙をよこしてくれるようになったからかもしれません。このところ本当に気分がいいんですの。エマにジェラルドも、付き添いご苦労さまでした」

カミーユの言葉に、エマとジェラルドが恐縮して頭を下げる。

少し離れて控えていた和真とシリルに目を向けて、カミーユが呼びかける。

「あなたたちも、ようこそ離宮へ。どうぞこちらにいらして！」

気さくな声かけながら、和真はカミーユに会うのは初めてだし、シリルもあまりにも久しぶりだ。

やや緊張しながら和真と二人で歩み寄ると、カミーユがシリルの顔を見て、笑みを浮かべた。

「まあ、シリル！　ずいぶんと成長したのですね！　この前会ったときにはまだ少年のようでしたのに、いつの間にか花婿を迎える年になっていたのですねえ」

カミーユが感慨深げに言って、続けて和真の顔を見る。

「そしてあなたが、花婿の和真なのですね。シリルを支えるだけでなく、シャルルと陛下に、いろいろと教えてくださっているとか？」

「ご縁を賜り、ありがたくもそのようなことに」

「シャルルがね、あなたのこともよく手紙に書いてくれるの。それで、どんな方なのか知りたかったのです。『うつし世』から来た方にお会いする機会も、まれですから」

そう言ってカミーユが、ふと思いついたように続ける。

「和真は少し、シリルのお父様……、アンリに、感じが似ていますね。陛下もそう思いませんか」

「……！」

カミーユが和真を見てアンリの面影を思い起こしていることに、ひやりとする。

二十年前、第一王子のクレマンドを目の前で亡くしたせいで、カミーユは心の平静を失って長年この離宮で静養を続けているのだ。

フィルマンもいくらか不安を覚えたのか、話題を変えるように声をかける。

「カ、カミーユよ！　立ち話もなんだ。皆で、中に……！」

「まあ、そうですわね！　私ったら、お客様が来て嬉しくなって、つい」

カミーユが少し恥ずかしそうに言って、それから皆を見回す。

「そう……。もう、二十年になるのですね」

「カミーユ……！」

「心配なさらないで、陛下。私、嬉しいんです」

「嬉しい？」

思いがけない言葉に、フィルマンが面食らったような顔をする。

胸に手を当てて、カミーユがぽつりぽつりと言葉を紡ぐ。

「二十年前の事故で、私と陛下はクレマンドを失い、シリルはご両親を失い、ジェラルドとエマもご家族を失って……。その哀しみが癒えることはないけれど、でもこうしてシャルルが生まれて、乳母をエマがつとめてくれて、新しい花婿も来てくれた。皆で少しずつ、前に進むことができている。私は、それが嬉しいんです」

「カミーユ……、そなた、そのように……？」

「陛下には、本当に長くご心痛をおかけしてきました。でもシャルルやシリルを見ていたら、私ももっと、前を向きたいと思い始めましたわ」

カミーユがそう言って微笑んだから、フィルマンの顔が泣きそうにゆがんだ。

シャルルがカミーユの顔を覗き込んで、にこにこしながら言う。

「母さまが笑ってくれたら、兄さまも、うれしいって！」

「まあ……。ふふ、そうね、あの子なら、きっとそう言ってくれるわね！」

二人のやりとりに、フィルマンがたまらぬ様子で顔を背ける。

臣下の者たちの前だからか、泣くのをこらえているふうだけれど、今にも涙があふれてきそうな表情だ。

シリルも涙を抑えようとしたが、ジェラルドが豪快に男泣きし始め、エマも口元を手で押さえたので、思わず涙をこぼした。

自分の母が起こした事故のせいでクレマンド王子が亡くなったのだと、神官としてずっと引け目を感じていた。

でも、カミーユ王妃が前を向くと言うのなら、自分もそうするべきだ。

花婿の和真と正式な絆を結び、神官としてさらに研鑽を積んで、民たちやこの国のために尽くす。そしてアレオン家の跡を継ぐ子供も、産むことができたら——。

「さあ、シャルル。今日は私とゆったりと過ごしましょうね」

カミーユが明るく言ってから、思い出したようにフィルマンに告げる。

「そういえば陛下、お訊ねの古い書簡を、書庫から出してライブラリーのテーブルに置いておくよう、侍従に言っておきましたよ」

カミーユの言葉に、和真がはっとフィルマンに顔を向ける。

フィルマンがうなずいて言う。

「それはありがたい。和真、その件で私に聞かせたい話があると言っていたな？」

「はい。よろしければ、今すぐにでも」

「わかった、聞こう。ついてまいれ」

フィルマンが先に立って歩き出す。

そんな話は聞いていなかったので、なんのことだろうと思っていると、和真がシリルに短く告げた。

「すぐ戻ります。シャルル殿下をお願いしますね」

返事も待たずに、和真がフィルマンを追いかける。

シリルは怪訝に思いながら、その背を見つめていた。


(国王陛下に聞かせたい話って、なんだろう?)

美しい花々が満開の庭園で、シャルルがカミーユと語らいながら蝶を追いかけている。

傍にはエマも控えているので、シリルは少し離れて彼らを眺めながら、先ほどのフィルマンと和真の会話を思い返していた。

古い書簡というのは、和真が時折遅くまで読んでいるものと関係があるのだろうか。

その昔、この離宮が一時王宮として使われていた時代があるから、今の王宮の書庫にはない様々な文献や書物が、ここには残っているらしい。

その中に和真の興味を引くものがあっても、おかしくはないが。

(どうして、先に私に話してくれなかったのかな……)

フィルマンに話したいと思うような重要な話なら、花婿としては、まずは自分に話してくれてもいいのに。

何か事情があるのかもしれないが、秘密を持たれたようで少し寂しい気がする。

そもそも王宮で見つけて読んでいる書簡の内容についても、なんだかんだとはぐらかされて教えてもらえていないし……。

「よう、シリル。ずいぶんと暇そうじゃねえか」

不意に背後からジェラルドが近づいてきて、騎士らしくあたりを警戒する様子を見せてから、真面目な顔で訊いてくる。

「その後、和真とはどうなんだ。ちゃんと毎晩ベッドで愛を深めてんのかよ？」

「……っ、またあなたは、そういう……！」

あけすけすぎて恥ずかしい質問に頬が熱くなる。

きっとこれも和真が言っていた「セクハラ」とやらいうものなのだろうと思い至り、抗議しようとしたのだが、ジェラルドの顔を見ると、からかいの表情は浮かんでいない。

どこか少し感慨深げに、ジェラルドが言う。

「王妃様の笑顔を、おまえ、初めて見るだろ？」

「え」

「昔はよくお笑いになる方だったが、召喚事故のせいであの美しい笑顔は消えた。でもここにきて、あんなにもお元気になられて……。陛下もさぞやお喜びだろう。あんまり認めたくはねえが、これも和真が召喚されてきて、シャルル殿下と『友達』になったおかげなんだよな」

「ジェラルド……」

「俺は召喚魔術は気に入らねえが、魔族なんぞもっと気に入らねえ。王妃様もああ言ってくださってるんだ。おまえもしっかりやらねえと承知しねえぞ」

ぶっきらぼうな言い方だが、彼なりの激励の言葉であることは間違いないだろう。

あの廃墟の城館で、モルガンから魔族の脅威について聞かされてから、思うところがあったのかジェラルドのシリルやリゼットに対する態度はずいぶん変わった。

和真に古語を習い、古い時代の戦術書を何冊も読んで、それを騎士団の騎士たちの鍛錬にも生かしていると聞いている。

そうやって、いつ魔族が現れても戦えるように備えているのだ。

本当に自分もしっかりしなければと、改めてそう思う。

「……はい。いい神官になれるよう、励みます。ありがとうございます、ジェラルド」

シリルの言葉に、ジェラルドがまた少し泣きそうになったのか、ふいっと顔を背ける。

だがそちらの方向からフィルマンと和真が、何か話しながらやってきたので、ジェラルドが姿勢を正した。

「では、私は急ぎ王宮に戻り、そなたの言うように手配するとしよう。ジェラルド、すぐに王都に戻るぞ」

「は……、ですが陛下、今日は離宮にお泊りのご予定では？」

「予定は変わるものだ。和真、ではな」

「はい。道中お気をつけて」

和真が答えると、帰ることを伝えるためにか、フィルマンがカミーユたちのところに行く。

フィルマンと和真は、いったい二人で何を話したのだろう。

「シリル。僕たちは、今日はここの離れに泊まることになりそうです」

「離れ……？」

「国王陛下に、いろいろとお気づかいをいただきましたので。でも、まずはシャルル殿下のところに行きましょう。皆で一緒に遊ぼうと約束をしているのです」

和真が言って、こちらを見つめる。

「夜になったら、ゆっくり話しましょう。誰にも邪魔をされず、二人きりでね」

「わ……、なんだか雰囲気のある部屋ですね、和真？」

その夜のこと。

シリルと和真は離宮の敷地の一角にある、離れの寝室に案内された。

石造りの館で、部屋も静かで落ち着いているが、赤や紫のガラスのシェードがついたランプの明かりが白い壁に映えて、どこか幻想的な雰囲気を醸し出している。

続き間があるのか、部屋の奥にはドアが一つあり、大きな窓には瑠璃色のビロードのカーテンがかかっている。

ベッドの上には薔薇の花びらが散らされ、テーブルにはワインの瓶と、グラスが二脚準備されていた。

どことなく甘いこの雰囲気は、いったい……。

(もしかしてこれが、国王陛下のお気づかいなのかな……？)

フィルマンは王都に戻ったが、先ほど晩餐の席では、カミーユから花婿と神官との婚礼の儀式について少し話が出た。じきに正式な絆を結ぶことになるのは確かだから、もうすでに伴侶のようにみなされているのかもしれない。

ちょっと気恥ずかしい気もするけれど、この部屋でくつろいで、少しでも絆を深めてほしい、ということなのだろうか。和真が部屋を見回して言う。

「ここは建物が独立しているし、完全に二人きりになれそうですね。やっぱりちょっと嬉しいな」

そう言われてみれば、アレオン家の屋敷では常に誰かいるので、奥の間以外で二人きりということは基本的にない。

ほかに人のいない離れでの、本当の二人きり。

そう思うと、少しドキドキしてくるけれど。

(陛下と何を話したのか、気になる……)

晩餐の席では、特に変わった話は出なかった。

もしかしたら大した話ではなかったのかもしれないが、少しでも気になることがあっては、くつろいで過ごすことなど難しい。なんでも話せる間柄でいようと、二人でそう決めたのだから。

「……和真。陛下はなぜ、あんなにも急いで帰られたのですか？」

ワインの瓶を持ち上げ、グラスに注ごうとしている和真に訊ねると、彼がこちらを見て答えた。

「親書を書き上げて送るためです。少しでも早くそうする必要を感じていらっしゃって」

「親書……？」

「ええ。ここだけの話ですが、実は陛下はこのところ、獣の国とエルフの国に国交を求める親書をお書きになっているのです」

「そうなのですかっ？」

思いもかけない話に、頓狂な声が出る。

そんなことになっていたなんて知らなかった。いったいどうして急にそういうことになったのだろう。

やや怪訝に思っていると、和真がワインの瓶を置き、こちらに向き直った。

「僕がずっと読んでいた古い書簡はね、実は古の時代に、エルフが書いたものなのです。そこにはとても興味深い内容が書かれているのですが、今日、この離宮に保存されていた書簡も読んだ上で、その内容を陛下にお伝えしたら、もうすぐにでも親書を出そうと、そう決意なさったのですよ」

「そうだったのですか？　でも、陛下はずっと隣国に関心をお持ちではなかったのに、そんなにも急にお気持ちが変わるなんて……」

「僕も、前にリゼットさんからそのようにうかがっていたので、最初は意外に思いましたよ。ですが隣国との関係回復については、即位されてからずっと考えていらっしゃったようです」

　和真が言葉を切り、思案するように視線を宙に浮かせてから、小さくうなずいて続ける。

「国王陛下は、僕らが思っているよりも、もっとずっといろいろなことを気にかけていらっしゃいます。最近の話で言うと、魔族の侵入についても、強い関心を持っておいでのご様子ですよ？」

「そうなのですか……？」

　隣国の件はもちろんだが、魔族の侵入についても、リゼットからはずっと取り合ってもらえないと聞いていたので、驚いてしまう。

　言葉は悪いが、リゼットとシリルはフィルマンのことを、どちらかといえば日和見主義で、歴史にも興味のない国王なのだとみなしていた。

　召喚魔術にしろ隣国との関係にしろ、彼は古いものには関心がなく、意味がないものだと軽んじているとばかり思っていたし、魔族についても同様に考えているのだと。

　でも振り返ってみれば、リゼットやシリルは、あくまで間に立ってくれているモルガンを通じてしか、フィルマンのものの考え方に接してこなかった。

　二十年前の事故のせいで神官を疎んでいるというのは態度でわかることだったが、興味のないものや見たくないものは見ない人だという印象は、モルガンを通じて得たものだ。

もしかすると、和真が直接フィルマンと接して感じ取った人柄とは、ずれがあるのだろうか。

「その書簡には、いったいどんな内容が書かれているのですか？」

「簡単に言うと、予言です」

「予言……？」

「この世界の過去と未来のね。そしてそこには、あなたと僕も深くかかわってきます」

和真が言葉を切り、シリルを真っ直ぐに見つめてくる。

その目に、何か今まで見たこともないような切実な感情が覗いていたから、思わずはっと息をのんだ。

エルフは魔法を操る種族だ。何百年も生きる神秘的な存在だから、予言をする能力があってもおかしくはないが……。

「もしや何か恐ろしい未来が、予言されているのですか？」

恐る恐る訊ねると、和真が考えるように小首をかしげた。

「見方によってはそうなります。何せ、魔族が再び現れることが予言されていますから」

「魔族が……！」

「でも、何ぶん言葉が古いために、内容がはっきりとわからないところもあります。本当にそうなるかどうかもわかりませんが、どちらにしても僕は、予言を回避して皆を守りたいんです。神官である、あなたとともに」

和真がきっぱりと言って、こちらにやってくる。

そうしてシリルの前にひざまずき、おもむろに衣服の胸元を開いた。

「……あ……！」

和真の胸の刻印は濃いルビー色になり、肌が盛り上がって艶やかに輝いている。

彼の心は、もうシリルのもの。

刻印が示す和真の想いに、胸が高鳴る。

和真がシリルの手を取り、ちゅっと指に口づけてから、厳かに告げる。

「シリル。僕はあなたを愛しています」

「……！」

「この先どんなことがあっても、あなたとこのエルヴェ国で添い遂げたいと、心から思っています」

そう言って和真が、こいねがうように続ける。

「もしもあなたが、そうしてもいいと感じてくださっているのなら、どうか今すぐ僕を、永遠にあなたの花婿にしてください。僕と正式な絆を結んでください！」

「和真……！」

甘い求婚の言葉に心が震える。

シリルとしても、そろそろと考えていたところだったから、和真がそう言ってくれてとてても嬉しい。

リゼットの許可もなく正式な絆を結んでもよいものだろうかと、ほんの少し思わないでもないけれど。

(でも、国王陛下も、後押ししてくださっているのなら……)

ずっと疎まれていたが、和真が陛下の頑なな心を溶かし、この部屋で絆を結ぶ機会を作ってくれたのなら、それはとてもありがたいことだ。

シリル自身ももちろんそうしてほしいと思っているし、和真がその気になってくれているのなら、今こそがちょうどいい機会といえるのではないか。

どのみちそうなる運命なら、身を任せたい。

和真の黒い瞳を見返して、シリルは言った。

「そうしてもいいと、私は感じています」

「では……？」

「和真と、正式な絆を結びたいです。どうか、お願いいたします！」

二人で湯殿に行って丁寧に身を清め、寝室に戻ってきて、部屋の真ん中に立って胸を高鳴らせながら和真と向き合う。

愛おしげにシリルを見つめて、和真が密やかな声で言う。

「それでは、始めましょうか。衣服を脱がせても？」

「はい……」

湯上がりにまとった薄いローブを脱がされ、湿った体が部屋の空気に触れてひやりとする。

和真も脱いで、二人とも一糸まとわぬ姿になると、彼の胸の刻印がことさらに赤く見えた。

愛と生殖をつかさどる月の女神に相手への永遠の愛を誓い合い、花婿の熟した刻印を腹に写し取って、心と体をつないで愛し合う。

それが正式な絆を結ぶ儀式だ。

窓からちょうどいい具合に月光が差していて、気持ちが高ぶっていく。

「……月の女神への誓いの言葉は、どのようなものがよいのでしょう？」

「決まりはありません。和真の思ったとおりに、おっしゃってください」

「わかりました。僕は花婿として、あなたを生涯愛し慈しむことを誓います」

「私も……、私も、同じ気持ちです。和真と必ずや添い遂げることを、月の女神に、誓います……！」

何やら心がはやってしまい、たどたどしい言い方になってしまったが、文言としてはそれで間違いないだろう。

シリルは和真の手を取り、彼の刻印に押し当てて自分の手を重ねた。

彼の手のひらにじんわりと刻印が写し取られたから、それを己の腹に持っていって、へその下あたりに押し当てる。

「あ、あっ……！」

下腹がドクンと強く脈打ったから、驚きであえいでしまう。

まるで腹の中に何かを召喚してしまったみたいな感覚に、思わずひやりとしたけれど、それはじきに収まった。

代わりに体がかあっと熱くなって、腹に触れる和真の手がひんやりと感じられるようになってくる。

和真の手をそっとどけると、シリルの下腹には彼の胸にあるのと同じ印が刻まれ、まるで光を放っているかのようにゆっくりと明滅していた。

「……すごい。なんて綺麗なんだ！」

「ぁっ！　は、ぅんっ……」

床に膝をついて屈んだ和真に刻印に口づけられ、ちゅっと吸い立てられて、ゾクゾクと背筋がしびれた。

今すぐ、和真と一つになりたい。

結び合って互いのいい場所をこすり立てて、一緒に頂へと上り詰めたい。

露骨ではしたないほどの欲望が湧き上がってきて、自身も恥ずかしく勃ち上がる。

立っているのもつらいほど彼が欲しいなんて、初めてのことだ。

でもそれは、性的な欲望というよりは、もっと心の奥底からの渇望みたいだ。

なぜだか泣きそうになりながら、シリルは告げた。

「和、真っ……、あなたが、欲しいっ」

「ええ、僕もです……！」

和真が揺れる声で言って、シリルの体を抱き上げてベッドに連れていく。

シーツの上に横たえられると、あえぎそうなほどの劣情で目の前がピンクに染まった。

「は、ぁっ、和真、ぁ、あ」

首筋や喉、胸に口づけられ、体を温かい手でまさぐられて、ビクビクと腰が跳ねる。

シリルの肌はいつになく敏感で、触れられただけで感じてしまう。下腹の刻印はジンジンと熱くなり、その下の臓腑にも疼くような感覚があって、肉筒がじんわりと潤んでくるような気配すらある。

体に何かいつもと違うことが起こっているのをありありと感じ、おののいていると、脚を大きく開かされ、膝裏に手を添えて押し上げられた。

浮いた腰の下に膝を入れ、露わになった狭間に視線を落として、和真が言う。

「あなたのここ、可愛く震えてる」

「そ、な」

「それに、まるで花みたいにほどけて。ほら、わかるでしょう？」

「あ、ぁんっ」

指でそっと触れられ、窄まりがヒクヒクと淫らに蠢動し、襞がわずかに綻び始めているのが自分でもわかった。媚肉を指の腹でくるくると撫でられたら、たまらず甘い声が洩れてしまう。

そんなシリルを楽しげに見ながら、和真が指をくぷんと中に沈めてくる。

「は、ぁあ……」

ゆっくりと指を出し入れされて、ため息がこぼれる。

和真との行為に慣れた肉の筒は、もうすっかり柔軟になっているが、やはりそこがかすかに潤んでいるのを感じる。和真があぁ、と嬉しそうな声を出す。

「あなたの中が、甘く濡れてる。正式な絆を結んだことで、体が変わり始めているんだ」

「体が、変わ、る？」

「そうですよ、シリル。子を孕める体にね。ああ、なんて素敵なんだろう！」

「あ、ぁあ、はあっ……！」

シリルの後ろを指で優しく開きながら、和真が右の乳首に吸いついて、ちゅくちゅくと口唇で吸い立ててくる。

勃ち上がった欲望にも手を添えられ、指で搾るみたいにしごき上げられたから、快感で激しく身悶えた。

男の体から、子を孕める体に――――。

それは花婿と正式な絆を結んだ神官だけに起こる、奇跡のような身体変化だ。

神官家の跡継ぎとして、シリル自身も待ち望んでいたことだけに、喜びでますます欲情が昂る。

左右の胸の突起をツンと勃つまで吸い立てられ、後ろをまさぐる指を二本、三本と増やされると、前も後ろもトロトロに濡れそぼち、和真が手を動かすたびにくちゅくちゅと淫靡な水音が立ち始めた。

「あ、あっ、和真、も、欲し、いっ、挿、れてっ」

体だけでなく心まで蕩かされ、泣きそうになりながら挿入をねだる。

熟れきったこの体を雄で貫き、熱いほとばしりを注いでほしくて、もうどうにかなりそうなのだ。

和真のほうも昂っているようで、胸から顔を上げてこちらを見つめる目は、まるで獰猛な獣の雄のそれだ。

後ろから指を引き抜かれ、両脚を抱え上げられて後ろに切っ先を押し当てられると、甘美な戦慄が走った。

でも、何も恐ろしくなどない。この身にのしかかる男は生涯の絆を結んだ愛しい花婿だ。

彼の首に腕を回し、腰に脚を絡ませると、和真が怒張した熱杭をズンと突き立ててきた。

「あっ、ぁあっ……！　か、ずまっ」

「シリル……、シリルっ……！」

こらえきれぬ様子で、和真が上体を重ねて腰を使い出す。

剛直はいつになく張り詰めていて、今までならば、いくらか苦しく感じていたかもしれない。でもシリルの内筒は和真を違和感なく受け止め、潤んだ肉襞は悦びを得ようとするみたいにひたひたと幹に絡みついていく。

その感触がたまらないのか、和真が息を乱して腰を打ちつけ始めたから、シリルも彼の首にしがみついて夢中で腰を揺らした。

互いに激しく求め合う、どこか野性的な交合。

だが決して即物的な肉の交わりではなく、心身が深く溶け合っていくみたいな感覚がある。

和真が行き来するたび全身に鮮烈な悦びが走り、下腹に刻まれた印も火照る。

シリルの胸に押しつけられた和真の刻印も、それに応えるように熱くなっていく。

二人の刻印が、まるで互いに召喚の入り口であり出口で、体を結ぶことによって存在自体が一つにつながっているみたいな、不思議な感覚。

体を通して召喚魔術の秘儀に触れているかのように感じて、次第に恍惚となってくる。

息を弾ませながら夢中で動いているうち、やがて二人の体の中で、同時に熱が高まってきて――――。

「あ、ううっ、もうっ、達、くっ、ぃっ、ちゃ……！」

「僕も、一緒にっ……！」

シリルが絶頂に達した瞬間、和真もシリルをズンと奥まで突き上げて動きを止めた。

「ぁ……、熱、いっ……！」

どろりと重い白濁を吐き出され、腹の底がヒクヒクと震える。

今までにも何度も出されているのに、今初めてそうされたみたいだ。体の奥に和真の存在を感じて、うっとりしてしまう。

「……僕たちは、もうどこにいても、一つだ」

和真が言って、つながったままシリルを抱き締める。

「よろしくお願いします、シリル。これからもずっと」

「……はい……、こちらこそ、お願いします……」

あまり大げさでない、でも確かに愛のある言葉が嬉しくて、少し照れながら答える。

甘い口づけに心温まるのを感じながら、シリルは和真の腕に抱かれていた。

和真は正式なシリルの花婿となり、これからはかけがえのない伴侶として、ともにこのエルヴェ国で生きていく――。

幸せな未来を思い描きながら、そのあとも何度か結び合い、深夜になってから、二人はようやく眠りについた。

だがそれからいくらも経たずに、寝室のドアがどんどんと叩かれる音で、シリルは目を覚ました。

「……ん……、何……？」

『ドアを開けろ！　今すぐだ！』

（……この声、ジェラルド？）

どこか緊張感のある声に、何かあったのかと慌てて起き上がる。

だが和真を起こそうと顔を向けて、シリルはさらに慌てた。

並んで一緒に寝たはずの和真が隣にいない。触れてみるとシーツは冷たく、ここで長く眠っていた形跡もなかった。

外はまだ暗い様子なのに、どこかへ出かけたのだろうか。

混乱しながらドアに向かい、鍵を開けると、ドアが勢いよく開けられ、隊服を着た騎士たちが数名なだれ込んできた。

「なっ？」

剣を向けられて取り囲まれ、ぎょっとして立ちすくむ。

ジェラルドも部屋に入ってきて、ぐるりと見回して訊いてくる。

「おまえ一人か。和真はどうした？」

「わからないです。今起きたら、いなくて」

「いない……？」

ジェラルドがいぶかしげな顔をこちらに向ける。

だがふと思い直したように小さくうなずき、短く告げる。

「そうか。まあいい。用があるのはおまえだからな」

「私に、何か？」

「おまえを拘束して王宮に連れてくるよう、モルガン殿下から命じられた。一緒に来てもらう」

「モルガン殿下からっ？　いったいなぜですっ？」

驚いて訊ねると、ジェラルドが眉根を寄せて言った。

「リゼットのばあさんが、召喚事故をやらかしたんだ。王宮の召喚の間でな」

「なんですってっ？」

「夕刻王宮に戻られたばかりの陛下も巻き込まれて怪我をされ、俺が王宮を出てきたときには意識がなかった。召喚の穴はリゼットがなんとか封じたが、力尽きて倒れちまって……。二人とも宮廷医師が診ていたが、今どうなってるかはわからん」

ジェラルドが言って、険しい顔をする。

「リゼットには禁忌を犯した疑いがあり、おまえには共謀の嫌疑がかかっている。よって今すぐ、おまえを拘束する！」

ジェラルドが顎をしゃくると、騎士の一人がシリルの腕を取り、手枷で縛めた。

シリルはわけがわからないまま、寝室から連れ出された。


どうして、召喚事故など起きたのだろう。

王宮に連行される馬車の中で、シリルは必死に考えていた。

最近のリゼットは、シリルが例の古い召喚の跡を封じるために出かけるのに補佐としてついてくる以外は、あまり負担の大きいつとめは行っていなかったはずだ。

召喚の間でのつとめも、主に時節ごとに行われる儀礼的なものだけを月に何度かこなしていただけで、事故など起こるはずもなかった。

それなのに事故が発生したということは、何か特別な召喚を行ったのか。その際にリゼットが、禁忌を犯したということ……？

（でも、おばあ様がそんなことをするはずがない）

高齢とはいえ、リゼットは研鑽を積んだ大神官だ。今さらその可能性はないだろう。

では、意図せずそうなってしまったということなのか。

召喚魔術の禁忌である、死者を呼び戻すこと、生きた人間の「うつし世」への転送、魔族召喚のうち、理由として考えられるのはどれだろう。どれかであったとして、なぜそんなことになったのか。

考えれば考えるほど、頭が混乱してくる。

こういうときこそ和真と話したいのに、彼はいったいどこへ行ってしまったのか――。

「……あ……」

王宮に着くと、十字形に四方に広がる王宮の、東の棟の一部が損壊し、内部が露出しているのが見えた。

ちょうど召喚の間があるあたりではないかと気づいて、驚愕しながら中に入ると、まるで嵐でも吹き荒れたかのように壁紙や天井の板がはがれており、廊下には怪我人が何人も寝かされていた。

召喚の間に近づくにつれて壁や天井そのものが崩れている箇所が増えてきて、召喚事故の衝撃のすさまじさがひしひしと伝わってくる。

まさかこんなにも恐ろしい事態になっていたなんて。

「シリル神官を連れてきました、モルガン殿下！」

「ご苦労だった、ジェラルド」

召喚の間の前まで連れてこられると、もはやなくなってしまった入り口の扉の代わりに板切れが何枚も並べてあり、モルガンがその前で待っていた。

シリルの腕を縛める手枷に目をやって、モルガンがすまなそうに言う。

「申し訳ないね、シリル。これも規則なのだよ」

「かまいません。それよりも、国王陛下はご無事なのですかっ？」

「宮廷医師の話だと、今朝がた一度お目覚めになったそうだ。おそらくもう大丈夫だろう。リゼットのほうも、力を使いきって眠り続けてはいるが、命に別状はないようだ」

「それをうかがって安心しました。おばあ様が故意に事故を起こしたとは思えませんし、私も共謀などしておりません。どうか私に、中の様子を見せてください」

「ああ、もちろんそのつもりだよ。ジェラルド、もし万一何か起こったら事だ。念のため私たちが入ったら、板でまた厳重に入り口を封じるのだ。誰もここには近づかせぬように。いいね？」

モルガンが念を押すように命じると、ジェラルドがうなずいて、板切れを少しだけ横にのけた。モルガンがその隙間から召喚の間に入っていったので、シリルもあとに続き、恐る恐る顔を上げると。

「……っ……！」

目の前に広がる光景に、言葉を失う。

無残に破壊された床や壁。

足の踏み場もないほど散らばった瓦礫には、あちこち血のりが飛び散っている。

天井の絵画は吹き飛ばされ、穴の開いた屋根からは場違いに明るい空が覗く。

床に描かれた魔法陣だけが傷一つなく綺麗に残っているのが、事故の凄惨さを際立たせている。

入り口が板切れできっちりと封じられたのを確かめ、シリルの手枷を外して、モルガンが言う。

「ひどいだろう？　どうやら衛兵が何人か、召喚の穴に吸い込まれたようだ。たまたまこの東の棟にいて、時空のゆがみに巻き込まれて死んだり、怪我をした者は、兄上を含め数十名。二十年前の事故に匹敵する大事故だよ」

「どうして……、なぜそんなことにっ……。おばあ様はここでいったい何をっ……？」

「それなのだがね……」

モルガンが言いかけて、ちらりと入り口のほうを見る。

それから何かに苦悩するように顔をしかめ、声を潜めて絞り出すように告げる。

「リゼットは悪くないのだ。こうなったのは、私のせいなのだよ」

「殿下の？」

「ああ。私がリゼットに悩みを打ち明けたせいで、彼女に無理な召喚をさせてしまった。私が黙って一人で抱えていれば、あんなことには……！」

モルガンが声を震わせ、今にも泣きそうな顔で言ったので、驚いてまじまじと彼を見た。

いつも鷹揚で穏やかなモルガンが、こんなにも取り乱した姿を見せるのは初めてだ。

当惑しながら言葉を待っていると、モルガンが苦しげに続けた。

「私が、継承が途絶えてしまったかつての神官家の血を引いているのは、知っているね？今まで誰にも言ったことはなかったが、私は時折、時空をさまよう行き場のない魂の声を聞くことがあるのだ」

「それは、もしや……」

「そう、『うつし世』で死んだ、この世界に召喚すれば転生できるはずの魂だよ。だが私にはそれに応える能力まではない。心は痛むがやがて消えてしまうまで聞き流すしかないのだ。だがここしばらく聞こえていた声は、助けを求める声だった。ここは暗い、怖い、助けて、と」

声に怯えてでもいるかのように、モルガンが声をうわずらせる。

「その声音は、夜も眠れぬほどの切実さだった。あまりのことにリゼットに相談をしたら、秘密裏に召喚の儀式を行ってくれたのだ。そのせいで事故が起こって、あのようなことに

「……！」

「そうだったのですか」

事故が起きた理由はわからないが、ひとまず召喚が行われたいきさつはわかった。

シリルは落ち着かせるように言った。

「声が聞こえるというのは、神官の血を引く方にはよくあることのようです。まずは国王陛下にお話しして――」

「すまないがそれはできない。事故が起きたことで、私に呼びかける声の正体がわかってしまったからだ。あれは『うつし世』ではなく、この世界で亡くなった死者の声だったのだ」

「この世界のっ？　ではおばあ様は、それと知らずに死者召喚の禁忌を犯してしまったということですかっ？」

「そういうことになる。それに気づかなかったことこそが私の愚かさなのだ。あの声の主はかつて亡くした私の子供の声だった。なのに私は、わからなかった！」

「殿下に、お子様がっ？」

「若き日の過ちさ。許されぬ相手と恋をした。兄上のお耳に入れるのは、はばかられるような相手とね。だからこそ、私は今まで独身を貫いてきたのだ」

モルガンに子供がいたなんて驚きだが、何か明かせないわけがあるようだ。

色恋に疎いシリルには到底うかがい知れないことで、なんとも言えずに聞かされた事実だけを反芻していると、モルガンがすがるような目をして言った。

「リゼットとの共謀の疑いなど、最初から抱いてはいないよ。急ぎきみを呼んだのは、きみに魂送りをお願いしたかったからだ」

「魂送り……」

「死者ゆえに、こちらに呼び寄せることはできなくても、冥府に送ることはできるはずだ。この上は少しでも早く我が子を弔ってやりたい。どうかお願いだ！」

「モルガン、殿下」

哀願するように言われて、どうしたらいいのだろうと迷う。

今この国で、魂送りができる神官はシリルだけだ。

それはわかっているのだが、やはりフィルマンに事実を告げてからのほうがいいのではないかと、そう思わなくもない。

でも、モルガンはずっとアレオン家を庇護してくれていたし、リゼットもだからこそ、秘密裏に召喚を試みたのだろう。

亡くなった子供の魂送りが、モルガンのたっての願いならば……。

「……わかりました。やってみます」

「ありがとう、シリル！　きみならそう言ってくれると信じていたよ」

モルガンが涙交じりに言って、安堵したようにうなずく。

それから懐に手を入れ、黒檀でできた美しい小箱を大切そうに取り出した。

「この中に、我が子の遺髪が入っている。どうかこれを『触媒』として、あの子の魂を見つけてほしい。そして冥府に送ってやってくれ」

「お預かりいたします」

シリルは小箱を受け取って、瓦礫をよけながら魔法陣に歩み寄った。

ここに描かれた魔法陣は、古の時代の神官が能力の拡張のために編み出したもので、神官が召喚の折に手のひらに個々に作り出す魔法陣と重ねると、より精緻な召喚魔術が展開できる仕組みだ。

魂の場所や、確かにその人なのかどうかを特定する手がかりとなる「触媒」もあるのなら、まず失敗することはないだろう。

シリルは小箱を魔法陣の中央に置き、呼吸を整えた。

そうして意識を手のひらに集中し、床の魔法陣へと魔力を放った。

（……モルガン殿下の、お子様……、どこに、おいでなのだろう）

小箱が発する気配をもとに、魂がどこをさまよっているのか、水の中に手を入れて探るときのように感触を確かめながら召喚の道を作っていく。

するとかすかに、震えるような感覚が手に届いた。

ほんの小さな、かつて命であったものの、かけらのような――。

「っ？」

捜していたさまよう魂を見つけたと思った瞬間。

どうしてかぞくりと嫌な感覚がして、身を引きそうになった。

冷たく、ぬらりと気持ちの悪い感触。もしや、これは……。

「……なっ……」

ドンと手のひらを押し返され、チリチリと刺されるような痛みを感じた刹那、魔法陣から例の透明な触手がにょろにょろと飛び出してきたから、ぎょっとして目を見開いた。

召喚の道が不安定になっているのか、足元がぐらぐらと揺れる。時空のゆがみも生じているようで、部屋の瓦礫がゆらりと持ち上がり出したのがわかった。

このままでは、再び召喚事故が起こってしまう。

「殿下、まずいです！　急いで閉じないとっ……、ぅあっ！」

召喚の穴を閉じようとしたら、モルガンが背後から首に腕を巻きつけてぐっと締め上げてきたから、一瞬目の前が暗くなった。

穴を封じられぬよう、シリルの右腕をつかんでひねり上げながら、モルガンが耳元でささやく。

「閉じるなんてもったいないよ、シリル。リゼットは失敗したけれど、きみはこうして上手くいったのだ。それにこの召喚の道は、もうきみの手を離れているんだよ」

「な、にをっ……？」

「私には子供などいなかったよ。でも、少しも寂しくなんかないさ」

モルガンが言って、低い声で笑う。

「ふふ……、だってもうすぐあのお方が、おいでになるのだからね。私が長年恋い焦がれてきた、愛しいお方が！」

おののきながら顔を見ると、妄執にでも取りつかれたかのように目をギラギラと輝かせながら、モルガンが熱っぽい声で言った。

モルガンの手を逃れようともがいていると、やがて床の魔法陣がぴしぴしとひび割れ始め、そこから異様な腐臭が漂い始めた。

何か恐ろしいものが、ここに召喚されようとしている。

（なぜ、こんなことに……！）

モルガンは、初めからこれが目的でシリルに魂送りを試みさせたのだろう。だとしたら、あの小箱の中身はいったいなんなのだろう。

考えている間にも、魔法陣のひびは大きくなる。

腐臭で吐きそうになりながら凝視していると、やがてそこから、赤黒く禍々しい、肉の塊のような化け物がずるずると吐き出されてきた。

「おお、おお……！　ついに、ついに来てくださった！　我が魔王よ！」

「ま、おう……？　うっ、ぐ……！」

モルガンに首を締め上げられ、視界がチカチカと明滅する。

半ば意識を手放しかけた体をぼろ布でも捨てるみたいに床に投げ出され、朦朧としながら化け物を見上げると、モルガンがそれに両腕を開いて向き合い、裏返った声で叫んだ。

「魔王よ！　どうかこの私を、あなた様の依り代にっ……！」

「依り代」が何を意味するのか、言葉を聞いただけではわからなかったけれど、モルガンに反応するように、化け物——おそらく、魔族の王——がぐにゃりと形を変え、モルガンの体を包み込み、肉体の中へと入り込んだ。

するとモルガンだったものがミシミシと音を立ててふくらみ始め、なんとも形容しがたいおぞましい姿へと変貌し始めた。

魔族はモルガンと合体することで、この世界に顕現したのだ。

「ふふふ……、ははは……！　ようやくこの時が来た！　幼かったきみが成長し、花婿を得て、神官としての能力を大きく開花させるまで、二十年……、長いようで短い時間だったよ！」

「な、んっ……？」

「だが、もうきみに用はない。さようなら、シリル神官！」

「……や、めっ……、うあぁ――――！」

体を蹴り飛ばされ、ひび割れた魔法陣の穴に落とされる。

どこへ続くとも知れない召喚の道の残骸に、シリルは真っ逆さまに落ちていった。


それからどれくらいの時間が経ったのか、シリルにはまるでわからなかった。

けれど次に目覚めたとき、シリルは暮れかけた空の下に横たわっていた。

そよそよと吹いてくる風は心地よく、ちょうど穀物の収穫の季節のような、少し乾いたいい匂いがしてくる。

（ここは……？）

ゆっくりと首を横に向けると、視線の先は一面の野原だった。

夕日が当たって金色に輝くさまが美しく、なんとなく見とれていると、不意に横合いから金髪の小さな男の子がぬっと視界に入ってきた。

「あ、起きた？　……ねえ、起きたよ！」

男の子がさっと視界から消え、トントンと階段を下りるような音がしたあと、今度は野原を元気に駆けていくのが見える。

誰かにシリルが目覚めたことを伝えにでも行ったのだろうか。

起き上がってみると、そこは野原に立つ小さな家で、シリルが寝ていたのはテラスに置かれた長椅子の上だった。

あの凄惨な召喚の間から、ずいぶんと平穏そうな場所に流れ着いたようだが……。

「……！　あなた、方は……！」

男の子に連れられ、草原のほうからやってきた男女が何者なのか、最初はわからなかった。だが近づいてくるうち、アレオン家の屋敷の廊下に飾られた、肖像画に描かれていた人物のうちの二人だとわかった。

神官のレナと、花婿のアンリ。

二十年前の召喚事故で亡くなった、シリルの両親だ。

では、ここは冥府なのか。

自分は神官でありながら、モルガンに騙されて魔族の王を召喚した上に、用済みになって殺されてしまったのか。

あまりのふがいなさに、愕然とする。

「僕と彼女が誰だか、わかるね？」

長椅子の傍らまでやってきた父親のアンリが、膝をついて確認するように訊いてくる。

おずおずとうなずくと、母親であるレナも男の子と一緒に来て、ため息をついて言った。

「結局、あなたもここに来てしまったのね、シリル」

「お母様……」

「まったく、モルガンは本当に悪辣だわ！　私の大事な母と息子に、なんてことをしてくれるのかしらっ！」

レナがいまいましげに吐き捨てたので、驚いてまじまじと顔を見た。

どうしてそのことを知って……？

「まあまあ、レナ。まだ予言のすべてが開示されたわけではないんだ。お義母様はすんでのところで召喚の穴を閉じて、命にも別状はなかったわけだし、シリルもこうして生きているしね」

「生きて、いる？　私は死んだのではないのですか？」

「きみは生きているよ、シリル。僕も、レナもだ。そして彼、クレマンド殿下もね」

「クレマンド殿下っ？」

アンリの言葉に驚いて、男の子をよくよく見てみる。

確かに、王宮のギャラリーに掲げられているクレマンド王子の肖像画に面影がよく似ている。

第二王子であるシャルルがどちらかというとカミーユ似で、クレマンドのほうはフィルマンの顔立ちに近かったから、二人が結びつかなかったが、言われてみればそっくりだ。

でも、クレマンドはもちろんレナもアンリも、二十年前のままの姿ではないか。

いったい何がどうなっているのだろう。

シリルの混乱を察したレナが、教えてくれる。

「ここはね、シリル。死者の世界でも、生きている人たちの世界でもなく、時間が止まった場所なのよ」

「時間が止まった、って、どういう……？」

「あなたの中では、召喚事故から二十年くらいは時間が経っているでしょうし、事実そうなのだけれど、私たちにとっては、ここに来たのはつい今さっきでもあるの。モルガンの魔族召喚のたくらみから、クレマンド王子を守りながらどうにか流れ着いたのはね」

「それって、二十年前の、あの召喚事故のことですかっ？」

「ああ、そうだ。王家の繁栄を願う神聖な儀式の捧げ物に、あの男が何か穢れたものを混入させたんだ。そのせいでレナが作った召喚の道が乱れて、『狭間の世界』に魔族が侵入しそうになった。それがあの事故の真相さ」

アンリが言って、首を横に振る。

あの事故は、そもそもがモルガンによって引き起こされたものだったのだ。

そしておそらくは、リゼットとシリルが事故を起こしたのも、同じような原因だったのではないか。

モルガンに手もなく騙されたことを悔しく思っていると、今まさに事故から逃れてきたかのように、レナが哀しげに続けた。

「本当はもっとたくさんの人たちを助けたかった。けれど、二人では一人、クレマンド王子を助けるので精いっぱいだったの。でも助けられなかった人たちも、どこか遠い場所で生まれ変わったりしているはずよ。召喚の道は、あらゆる場所とつながっているから」

「……うん、そうだよ。だからぼく、早く弟のシャルルに会いたいなって思ってるんだ！」

クレマンドが無邪気にそう言ったので、また驚かされる。

シリルは思わず訊ねた。

「シャルル殿下のことを、ご存じなのですかっ？」

「あたりまえじゃないか！　うんとちっちゃいときから、ずーっとおしゃべりしてたもの。シャルルも、ぼくに会いたいって！」

「おしゃべりを、なさって……？　確かにシャルル殿下は、よくクレマンド殿下のことをお話しになっておいででしたが、でもどうやって……！」

「これは私の推測だけれどね、シリル。たぶん、神官の血のせいだと思うわ。カミーユ様の家系に、神官家の血が流れているんじゃないかしら。だからお二人は、兄弟同士でお話ができるんだと思う」

「そういう、ことだったんだ……」

レナの推測はきっと正しいのだろう。

この二十年間のフィルマンとカミーユの苦悩を思えば、今すぐにでもクレマンドが生きていることを伝えてあげたいのだが……。

「ここから、エルヴェ国には戻れないんですかっ？」

「いろいろと試してはみたわ。でも、できなかった。ここは完全に閉じていて、どうやって召喚の道を作ってもここに戻ってきてしまうの」

「おかげで僕もレナも殿下も、少しも年を取らないし、死ぬこともないのだけれどね」

アンリが言って、肩をすくめる。

「だけど、ここから外の世界を垣間見ることはできる。これから起こることもだ。クレマンド殿下には、弟のシャルル殿下とともにエルヴェ国を治める偉大な王になる未来が見える。でもその未来のためには、モルガンの悪しき野望は打ち砕かれなければならないんだ」

「今頃モルガンは、魔族と合体した姿で、各地に開いた召喚の穴から魔族を吸い出して体に取り込んでいるところでしょう。魔王として復活する前に叩き潰さないと、大変なことになるわ」

レナが眉根を寄せて言う。

「……けれど、シリルがここに来てしまったということは、今エルヴェ国には、神官はお母様しかいないということよね。なかなか厳しい状況ね」

「あんな化け物と、おばあ様一人で戦うなんて……、絶対に無理です！」

魔族と合体したモルガンの姿を思い出して、シリルはかぶりを振った。

それでなくとも、もう何百年も人間は魔族と戦っていないのだ。

和真が古語から現代語に訳してくれた古い書物をもとに、幻獣を召喚して戦うにしても、リゼット一人では……。

「なんとかして戻らなくちゃ！　ここから出る方法は本当にないんですかっ？」

「なくはないよ。けど……」

アンリが口ごもり、ちらりとレナを見る。

レナがこちらを見て、ためらいを見せながら言う。

「こうなると、あなたの花婿だけが頼りなの」

「……和真、ですか？」

「ここからだとよくわからないんだけど、彼、いったいどこに行ったの？　少なくともエルヴェ国にはいない……、どこにも彼の気配を感じられないわ」

「エルヴェ国に、いないっ？」

離宮の離れから、彼がどこへ行ってしまったのか。

それはシリルも知りたかったが、まさかいないと言われるとは思わなかった。

考えたくはないが、もしかしたら和真も、モルガンに連れ去られたか何かしたのではないか。ひょっとしたらもう、彼の魔の手に落ちて……？

（いや、そんなことはない。和真は、ちゃんと生きてる！）

下腹の刻印に、服の上からそっと触れる。

『僕たちは、もうどこにいても、一つ』

彼が言った言葉を、今初めて実感できた。

ここには和真の命が刻まれていて、強く息づいているのが感じられる。

和真は生きている。二人の間に結ばれた絆をたぐれば、もしかしたら、元の世界にも
――。

「えっ？」

「……あら。そんなこと言ってるうちに、彼、戻ってきたんじゃない？」

「ほら、声が聞こえてきた。あなたを呼んでるわ！」

レナが中空を見上げ、楽しげに目を輝かせてそう言ったのだが、シリルには何がなんだかよくわからない。アンリに目を向けると、彼はしばし耳を澄ませ、それからああ、と感嘆するようなため息をついた。

どこかすまなそうに、アンリが言う。

「……本当だ。さえない男だなんて言っちゃったけど、彼、ちゃんとレナが言ったことを聞いていたんだね！」

「二人とも、何を言って……？」

困惑していると、レナが手をシリルの両耳の横に添えてきた。

するとどこか遠いところから、和真の声が聞こえてきた。

『……シリル！　シリル、聞こえますか！』

「あ……」

『どうか戻ってきてください！　僕は『王家の庭』にいます！』

「……王家の庭に、和真が……！」

和真の声を聞いただけで、刻印を通じて二人が召喚の道でつながったような感覚があった。

花婿がそこにいてくれると感じるだけで、文字どおり腹の底から力がみなぎってくる。

「まあ、あなたたち、もう正式な絆で結ばれていたのね！　シリル、彼はあなたを、そしてあなたは彼を、愛しているのね？」

改めて問いかけられて、思わず目を見開いた。

愛しています、と、和真は言ってくれた。

花婿として生涯愛し慈しむと、月の女神に誓ってもくれた。

シリルも彼に恋をしている自覚はあったし、彼と正式な絆を結びたいと感じてもいたのだから、今振り返ってみると、自分も同じ言葉を口にすればよかったと思う。

(私も、彼を愛している……)

和真と再会したら、その想いを言葉できちんと伝えなければ。

そう思いながらうなずくと、レナが笑みを見せた。

「そう。やっぱり彼は、強い運命を持った人だったんだわ！　これだけ強いつながりを築いているのなら、あなたはクレマンド王子を連れて元の世界に戻れるでしょう」

「殿下を、連れて？」

「ええ、そうよ。こちらからも後押しするから、花婿のところに帰りなさい、シリル」

「お母様……。でも、あなたたちは？　一緒には来られないのですか？」

レナとアンリを順に見つめると、アンリが寂しげに微笑んだ。

「……そうできたらいいんだけどね」

「ここは時間が止まった閉じた場所だけれど、生身の人を元の世界に送ったりしたら、さすがに崩壊するでしょう。でも、そもそも命は永遠ではないのだし、今度こそ私たちは冥府に行くんじゃないかしら？」

「そんなっ……。せっかく会えたのに！」

「そうね。でも魂は永遠だから、またいつかどこかで会える。あなたはあなたのすべきことをしなさい、シリル」

レナの言葉に、目の奥がツンとなる。

だが、そうすべきだということは自分でもわかっている。

和真がそうであるように、シリルもまた、誰かのために生きたいと望んでいる。

危機に瀕したエルヴェ国に戻り、神官として、皆を守るために戦わなくてはと、心の底から思っているのだ。

別れは哀しい。でも同じ神官として、レナがまたいつかどこかで会えると言うのなら、その言葉を信じたい。

シリルはうなずき、クレマンドに告げた。

「帰りましょう、殿下。陛下と王妃様と、シャルル殿下のいらっしゃるところに」

「うん！」

クレマンドが元気よく答えて飛びついてきたから、両腕で体を抱き上げた。

レナが手のひらをこちらに向け、魔法陣を作り出すと、クレマンドを抱いた体がふわりと宙に浮いた。

「お母様と、それから花婿殿に、よろしく伝えてね、シリル」

「さえないなんて言ってごめんねって、そう言っておいて！」

「……わかりました。ありがとう、お母様、お父様！　お会いできて嬉しかった！」

二人に手を振り、目を閉じて下腹の刻印に意識を集中する。

和真の声がするほうへ。和真のいる場所へ。

レナに背中を押されて、シリルは夕暮れ時の色をした空へと一気に飛び上がった。

「わあ、きれい！　星がながれていくみたい！」

クレマンドが可愛らしい声で言う。

思わず見回してみると、まるで自分が夜空を流れるすい星にでもなったような気がした。

魂が永遠なら、本当に人はどこにでも行けるのかもしれない。

愛する人のところにも、一瞬で。

「……っ！」

不意にまばゆい光に包まれたと思ったら、何かなじみのある匂いがした。

これは確か、王宮のあちこちに植えられた、薔薇の匂い……？

「シリル！　ああ、よかった、戻ってきましたよ、リゼットさん！」

「ああ、そうだね。シャルル殿下のおっしゃるとおり、本当にこの魔法陣の向こうにいたんだ。あんたもよくこの庭のことを思い出せたねえ、和真！」

和真とリゼットの声が聞こえたので、うっすらと目を開ける。

すると目の前に二人がいて、シリルは王家の庭の魔法陣の上に倒れていた。

どうやら、ちゃんと元の世界に戻ってこられたようだ。

安堵した顔でこちらを見ていた和真が、シリルの腕の中にいるクレマンドに気づいてはっとする。

「……シリル、その子って、もしやっ……？」

「ええ。お父様とお母様が、ずっと守っていてくださって」

「レナと、アンリがかい？　そうか、そうだったんだね。おまえのことも、守ってくれたんだね？」

いくらか当惑しているようだが、リゼットが納得したように言う。

シリルがゆっくりと体を起こすと、腕の中のクレマンドもひょいと起き上がった。

そのまま、きょろきょろとあたりを見回していると。

「あ！　クレマンド兄さまだー！」

シャルルが叫んでこちらに駆けてきて、クレマンドときゃっきゃと楽しげに手を取り合う。

和真がシャルルのやってきたほうに目を向けたので、シリルもそちらを見ると、フィルマンとカミーユが、幻でも見ているような顔をしながらこちらに近づいてきた。

フィルマンは頭に包帯を巻いているが、普通に歩いているところを見るとどうやら大事なかったようだ。クレマンドの傍に膝をついて、半信半疑で問いかける。

「……クレマンド、なのか……？」

「うん。ただいま、お父さま、お母さま！」

「クレマンド……、ああっ、本当にクレマンドなのねっ！」

カミーユがクレマンドにすがりつき、ワッと声を上げて泣き出す。

フィルマンが半ば呆然としながら言う。

「信じられん……、なんという奇跡だ。我が子が、戻ってきた！」

確かに奇跡としか言いようのないことだと、シリルも思う。

和真がそっとシリルの手を取って言う。

「あなたも無事でよかった。異変を感じて召喚の間に踏み込んだジェラルドから、あなたがモルガンの手で召喚の穴に落とされたと聞いて、肝が冷えましたよ！」

「ジェラルドから……？　わっ？　なんですか、あれはっ？」

ジェラルドはどこにいるのかと見回した拍子に、ふと空を見上げたら、何か大量の黒いものが一方向に飛んでいるのが見えた。木の葉でも鳥でもないあれは、いったい……？

「小物の魔族だよ。モルガンの野郎に吸い寄せられてるんだ」

ジェラルドが背後からこちらに来て、いまいましげに言う。

「あの野郎、魔族の親玉として君臨するつもりなんだ！　すげえ勢いで魔物どもを呼び寄せて食らってやがる。まったくとんでもねえバケモンだぜ！」

ジェラルドは銀の鎧をまとって長剣を身に着けた、いつぞや和真に決闘を挑んだとき以来の完全武装の格好だ。

和真がジェラルドに訊ねる。

「ジェラルド、民たちの避難の状況はいかがです？」

「子供と年寄りは安全なところに移動させた。戦いに志願する者たちは、あんたが言ったように十数人ごとのグループに分けてリーダーを決めさせて、城に集めてある。全員防具を身に着けられるよう、手配もしたぜ」

「ありがとうございます。飛び道具の準備もできてきたようですし、これはそろそろ……」

「飛び道具？　って……、もしかして、魔王と戦うためのものですか？」

どうやらすでに戦闘準備が進行中のようだが、民たちも戦うのだろうか。

というか、もしや和真がその計画を立てているのか……？

「……そういえば、和真。あなたはいったい、どこに行っていたんですっ？」

彼がしばしいなくなっていたことを思い出して、シリルは訊いた。

「離宮の離れで、起きたらあなたはいませんでした。魔法陣の向こうでは、お母様もあなたの気配を感じられないと言っていて。モルガン殿下に殺されてしまったのではないかと、心配でした」

「不安にさせてごめんなさい、シリル。すぐに戻ってくるつもりだったのですが、思いのほか手間取ってしまって」

和真がすまなそうに言って、笑みを見せて続ける。

「実はちょっと、エルフの国に行っていたんですよ」

「えっ？」

「離宮であなたと絆を結んだあと、あそこで見つかった書簡の解読をしていたら、別の暗号が隠されていることに気づいたんです。それを何げなく口に出して読んだら、どうやらそれが彼らを呼び出すための呪文だったらしくて。突然エルフが目の前に現れて、僕は彼らの魔法でエルフの国に連れていかれたんです」

思いがけない失踪の理由に、絶句してしまう。

戸惑いを察してか、和真がうなずいて言う。

「わけがわかりませんよね。エルフの国での話はまた時間のあるときにでもしますが、僕という存在も、やはりエルフの予言の一部だったということです。人間の国に魔王が再び出現し、民や神官や騎士たちが皆で力を合わせて戦う、という予言のね」

「皆で力を合わせて、戦う……？」

「ええ、そうです」

和真が言葉を切って、皆を見回しながら続ける。

「ここに来てから、僕は召喚魔術や魔族の歴史をたくさん調べて、それを陛下やジェラルド、シャルル殿下や、話を聞きたいと言ってくださった人皆にお話ししてきました。そしてエルフからは、戦いの手助けとなる物や戦術を授けてもらった。神官であるあなたもこうして戻ってきましたし、今こそ皆で魔王と戦うときなのです。それこそが、人間の力なのですから」

力強く和真が言って、フィルマンを見る。

「国王陛下、いつでもご命令を！」

和真の言葉に、フィルマンがうなずき、こちらにやってくる。

そうしてシリルとリゼットの前に屈み、頭を下げて言う。

「リゼット大神官。そしてシリル神官。私は今まで、召喚魔術から目を背けていた。神官であるそなたたちにも、つらく当たって……。王として、あるまじき態度であった。本当に申し訳なかったと思っている」

「陛下……！」

「今この国は、我が弟モルガンによって破滅の危機に瀕している。あれを倒すため、どうかおまえたちの力を貸してはくれぬか？」

フィルマンが真っ直ぐにこちらを見て、そんなふうに告げる日が来るなんて、思ってもみなかった。リゼットが穏やかに言う。

「皆のために尽くすのが、あたしたち神官のつとめです。この国のためなら、この老いぼれも喜んでもうひと働きさせてもらいますとも！」

「私も、戦わせてください、エルヴェ国と『狭間の世界』の未来のために！」

シリルもそう告げると、フィルマンがうなずき、和真とジェラルドを見た。

それから皆をぐるりと見回して、威厳のある声で告げる。

「エルヴェ国国王、フィルマンの名において命じる。この世によみがえった魔王を、皆の手で再び封印せよ！」


「おお〜、近づけば近づくほどバケモンて感じだ。恐ろしいなぁこりゃ！」

「そう言いながら、なんだか嬉しそうじゃないですか、ジェラルド？」

「へっ、別に嬉しかねえよ。だが腕が鳴るじゃねえか。あんなのとやり合える機会が、生きてるうちに巡ってくるなんてよぉ！」

エルヴェ国のほぼ真ん中あたりにある、中央平原と呼ばれる広い草原。

その周りを取り囲む小高い丘陵の一つの頂上に立って、和真とジェラルドが平原を見下ろしながら話をしている。

シリルも傍に行き、二人の後ろから恐る恐る平原を眺めた。

（本当に、なんて恐ろしい姿なんだろう！）

平原の中心には、モルガンと一体になって巨大化した魔王が、岩のようにどっしりと立っている。もはやモルガンの面影はなく、禍々しい怪物そのものだ。

国中の古い召喚の跡から魔族が吸い出され、糧となるべく魔王の元に引き寄せられていくさまは、それだけでも十分ぞっとさせられる光景だが、あれが完全復活したあかつきには、食らわれるのは人間だ。

そうなる前に、なんとしても魔王を倒さなければならない。

「……それにしても……、おまえ、まるで結婚式の衣装みたいだなっ？」

ジェラルドがこちらを振り返って、からかうような声をかけてくる。

シリルは金糸でいくつもの宝石を縫いつけた豪奢なローブをまとい、大きなクリスタルの結晶をはめ込んだ木の杖を手にしている。

宝石に魔力を増幅する力があることは元々知られていたが、和真が文献を調べるようになってから、その一つ一つの効能が明らかになった。

そこで魔王との決戦を前に、カミーユ王妃お抱えのお針子たちの手で手持ちのローブに宝石を縫いつけてもらい、古の魔族を封印した時代の神官がまとっていた正装を再現したのだ。

でも確かにちょっと派手なので、まとっている自分の姿に慣れない。

知らず頬を熱くしていると、和真がシリルの姿を眺めて楽しげに言った。

「そう言われてみると確かにそうですね？　魔王を封じたら、このまま皆の前で結婚式を挙げましょうか？」

「はは！　そこまでいったら誰も止めねえとは思うが、おまえ、その格好でいいのかよ？」

「さえない、ですか？　スーツは男の戦闘服ですし、気持ちを高めるために久しぶりに着てみたんですけど。でも、そうですねえ……。せっかくだから、キラキラした衣装も着てみたい気がしてきましたね」

至ってのんきな、およそ決戦前とは思えないような緊張感のなさだが、これはたぶん、あえてそうしているのだろう。

ジェラルドは絶えず周りの様子を目で確認しているし、和真も話しながら、肩に担いだ大きな革袋の中身を確認している。

猛獣の牙や爪、猛禽の羽根、鰐の歯、蛇の抜け殻、などなど。

それらはすべて、エルフが和真に伝授してくれた、幻獣の召喚に役立つ「触媒」だ。

シリルはそれを使って、この五百年間誰も召喚したことのない幻獣をこの世界に呼び寄せ、魔王と戦ってもらう。

赤い、何かの鱗のようなものを選び出して、和真が訊いてくる。

「いろいろ考えてみたんですけど、やはりまずはこのあたりがいいでしょうか？」

「……レッドドラゴン、ですか？」

「はい。それなりにパワーがありそうで、かつ、召喚後の姿を想像しやすい幻獣がいいかなと思ったのですが。不安がありますか？」

「う、うーん……、少しだけ」

何しろ魔族を相手に互角に戦える幻獣だ。

本当に上手くできるのだろうかと、つい不安になってしまうけれど。

「大丈夫ですよ、シリル。僕がついていますす」

力強く請け合うように、和真が言う。

「一人じゃないんです。みんなで、みんなで戦うんですから」

「……そうですね。みんなで、勝つんですよね……」

自分を奮い立たせるようにそう言うと、なんだか気持ちが上向いてきた。

「わかりました。レッドドラゴン、必ず召喚してみせます！」

シリルの決意の言葉に、和真がうなずく。

魔力が安定するよう呼吸を整えていると、騎士団の従卒が二人、こちらに駆けてきた。

「リゼット大神官殿と護衛の騎士団、東の丘陵に到着しました！」

「投石兵団と弓兵団、所定の位置に着きました！」

報告を聞き、平原の向こうを見ると、それぞれに隊列を整えて待っているのが見える。

ジェラルドが、肩をならすようにぐるりと回して言う。

「準備できたようだな。さあて、それじゃ始めるか、花婿？」

「そうしましょうか。のろしを上げてください！」

和真が言うと、丘陵の斜面で待機していた歩兵がのろしを上げた。

それからジェラルドに、うなずいて告げる。

「作戦はあなたの先制にかかっています。ここからは、あなたのタイミングでお願いします、騎士団長殿」

「よっしゃ！　そんじゃ、派手に暴れてくるか！」

ジェラルドが言って、馬に乗り、丘陵を駆け降りていく。

丘の下には、武装した騎士たちが馬に乗って待っている。

「出撃だあっ――――！」

天にまで響くようなジェラルドの号令で、馬が一斉に魔王に向かって駆け出す。

魔族を吸い尽くすことに注力しているせいか、魔王は騎兵が近づいても見もしない。

おかげで難なく近づくと、あらかじめ和真とジェラルドが立てた作戦のとおりに、槍を持った騎兵が次々に魔王に攻撃を仕かけ始めた。

「槍、効いてるみたいですね」

騎兵たちの様子を見て、和真が言う。

魔王の巨躯は、本体の外側を弱い魔族の体で覆うようにしてできているので、まずはそれをはがすのだと、古文書に載っていた。

騎兵の槍は邪気を払う清めの泉の水を使って砥ぎ上げられていて、騎兵が切り込むたびに魔族の覆いがぱらぱらとはがれ落ちるのが見える。

さすがにうるさくなったのか、魔王が虫でも払うようにぶんと両腕を振る。

「あっ……！」

騎兵が何騎か、太い腕に薙ぎ払われて落馬したので、シリルは思わず声を立てた。

ほかの騎兵が落ちた騎士を拾い上げたのを確認して、和真が言う。

「よし、だいぶ削ったようだ。次、弓と投石、来ますよ」

はらはらしながら見ていると、騎士団がいったん後退し、代わって弓兵から一斉に矢が放たれた。

矢じりも槍と同じく、清めの水が魔族に効いているようで、魔王に突き刺さるたび皮がはがれるようにぽろぽろと本体から落ちていく。

さらに民たちが自ら台車を引いて何台もの投石器を近づけ、石礫や泥だんごを投てきする。それには、魔除けに効果があるとされる臭いのきつい植物の搾り汁などが塗られたり、練り込まれたりしている。

今度も薙ぎ払おうと、魔王が両腕を大きく持ち上げたのだが……。

『ヴォオオウッ……！』

泥だんごのうちのいくつかに火薬が仕込まれていて、パンと弾けて魔王の周りに煙幕を作る。

動きが鈍くなったところに、皆でまた一斉に攻撃を加えると、魔王が吠えるような声を出した。

どうやら思いのほか効いているようだ。巨躯が一回り小さくなるまで攻撃を繰り返すと、まるで腹を立てたかのように、手足を激しくばたつかせて周りの人間たちを排除しようとし始めた。

部隊のそれぞれのリーダーたちが後退を指示すると、それを待っていたように、東の丘陵にカッと稲妻のような光が見えた。

「……！　おばあ様が、召喚を……！」

リゼットが空に魔法陣を放ち、大きな召喚の穴が開く。

そしてそこから翼を持った幻獣――おそらくはグリフォン――が現れ、魔王に飛びかかった。

(すごい、あんなふうに動くのか！)

グリフォンは魔王と同じくらい大きく、爪を立てて殴りかかり、力強い顎でがふがふと噛みついてダメージを与えている。

人間の身からすると、とんでもない攻撃力だ。

だが魔王の体はかなり頑強なようで、激しく攻撃されているのによろめきもせず、逆に巨大な手でグリフォンの羽をつかんで引きはがそうとする。

どうやら、あまり相性がよくないようだ。

「こちらも幻獣を召喚しましょう、シリル！」

「はい！」

和真が先ほどの赤い鱗状のものを差し出したので、それに手をかざし、魔力を込める。

ふっと一つ息を吐いて、シリルは言った。

「古の赤きドラゴンよ、どうかそのお力を、私にお貸しください！」

魔法陣を空に描き、召喚の道を開く。

ここまではほかと同じだが、初めての幻獣召喚だ。

どんな感触なのだろうと身構えていると、ややあって体に強い衝撃が走った。

「う、わ……！」

目の前が真っ暗になり、膝から崩れ落ちそうになる。

体中の魔力を一瞬で持っていかれた感覚に戦慄していると、すかさず和真が背後から体を支え、ぎゅっと抱き締めてくれた。

どうにか気を失わずにすみ、くらくらしながら見上げると、召喚の穴から真っ赤な竜がゆっくりと現れるのがありありと見えた。

「すごい……！　これが本物の、レッドドラゴンなのか！」

シリルを後ろから抱き締めたまま、和真が肩越しに歓喜したように言う。

巨大なその姿に、シリルも思わずため息をついた。

「……綺、麗……！」

鱗の鮮烈な赤。力強い四肢としなやかな身体。めきめきと音を立てて開いていく大きな翼。

自分が幻獣を召喚できたことにも驚いたが、レッドドラゴンの造形の美しさに、戦いも忘れて魅了されてしまう。

魔王のほうに目を向けると、召喚されたグリフォンがその魔力を使い尽くし、この世界から消滅していくところだった。

するとレッドドラゴンがゆらりと頭をもたげ、魔王の姿を敵と見定めて、大きく息を吸い込んだ。

次の瞬間、レッドドラゴンの大きく開いた口から火炎が放射され、魔王の体が真っ赤な炎に包まれた。

『ヴオオオッ』

体を包む覆いを灼熱の炎で焼き尽くされ、魔王が不快そうに吠える。

何か黒光りするろうの塊のようなものがむき出しになったが、おそらくあれが魔王の本体なのだろう。レッドドラゴンの火炎を受けて、熱したガラスのように赤くなっていく。

そのまま表面がトロトロと溶け出して、魔王の体が徐々に小さくなり始めたので、もしやこのまま倒せるのではと思ったのだけれど。

「……厳しいな。これでは本体を十分に弱体化させる前に魔力が尽きてしまう。もう何体か幻獣の召喚が必要だ。でもそれだと、お二人の体力が……」

和真が思案げに言って、東の丘陵に目をやる。

「リゼットさんが、もう一度召喚を試みるようです。こちらも次、行けますか？」

「は、はい、大丈夫です。でも、おばあ様のほうは……」

「おそらく次で最後でしょうね。あとは私たちでなんとかしないと」

高齢で回復役の花婿がついていないリゼットには、幻獣の召喚はかなりの負担だろう。これが済んだら撤退してもらわないと、体が心配だ。

和真の体にもたれかかって回復につとめていると、東の丘陵の上空に再び召喚の穴が開いて、今度は灰色の巨人が現れた。

「ゴーレムか！　すごいな。なんてサイズだ」

和真が驚いて目を丸くする。

石でできたゴーレムの巨体は、魔王よりも頭一つ分くらい大きい。ズンと地上に降り立っただけで地面がぐらぐらと揺れるほどの衝撃だ。

レッドドラゴンの火炎がやみ、キラキラと光を放ちながら消えていくと、今度はゴーレムが、激しく魔王を殴りつけ始めた。

「うわ、すごい」

ゴーレムの攻撃は破壊的で、拳で殴りつけるたび魔王の本体が大きくへこむのがわかる。ガラスのように溶けた場所が弱くなっているのか、魔王は防戦一方だ。

ほかの魔族を吸い込む力もなくなっているらしく、あれほど飛んでいた黒い影もほとんど見えなくなったし、騎士たちや弓兵、投石器での地道な攻撃も、先ほどよりも効いているように見える。

戦術的なことはよくわからないが、もしや今が好機なのではないか。

東の丘陵からリゼットが護衛の騎士たちとともに撤退するのを確認して、シリルは言った。

「和真、もう次の幻獣を召喚してしまいましょう！」

「ですが、お体は大丈夫ですか……？」

「平気です。同時に召喚して、一気に畳みかけたほうがいいと思うんです！」

シリルの提案に、和真がこちらを見つめる。

少し考える様子を見せてから、うなずいて言う。

「そうですね。完全に倒してしまわなくても、一気に弱らせて、そのまま異空間に飛ばすほうがいいかもしれない。ということは……、こちら、どうでしょう？」

和真が美しい黄金色の、鳥の羽根のような形をした「触媒」を取り出す。

聖なる力を持つといわれている幻獣、ケルビムを呼び出すためのものだ。

古い書物を読んでもいまひとつ姿を思い浮かべられなかったのだが、魔族に対してはかなりの攻撃力があるようだった。

「いいと思います！　これにかけてみましょう、和真！」

シリルは言って、黄金の羽根に手で触れた。そうして手のひらを空に向け、力強く叫ぶ。

「古の聖なるケルビム！　どうか私にお力をお貸しください！」

魔法陣が空に広がり、道が開く。

体中から魔力を吸い出され、めきめきと筋肉がきしむみたいな音がする。身を抱き支えてくれている和真の手をぎゅっと握り締めて倒れないようこらえる。

どうか召喚に応じてほしいと、祈りながら見守っていると、やがて召喚の穴からまばゆい金色の光が差してきた。

『オオオ……！』

ゴーレムの攻撃によってあちこちへこみ、よろよろと背後の丘に後退し始めた魔王が、空を見上げて唸り声を上げる。光を避けようとするようにろうの塊のような腕を頭上にかざすが、腕の光が当たった部分はやけどでも負ったように赤くなる。

聖なる力とやらのなせる業なのだろうかと思った瞬間、光の中から何枚もの翼を持った見たこともない姿の幻獣が現れた。

（……これが、ケルビム……！）

ゴーレムよりもさらに巨大なのに、音もなく降りてきたその姿に、息をのむ。

見た感じ人型《ひとがた》をしているが、動物のような部分もある、なんとも言えない造形だ。

魔王の禍々しさとは別の意味での、異形の姿の迫力に圧倒されていると、ケルビムが翼をばらばらと大きく広げ、そのまま魔王を包み込むようにかき抱いた。

『ヴ、ウォオ、オオオッ……！』

体を包まれた魔王が、苦しげなうめき声を上げる。

ろうのような体からしゅうしゅうと煙が上がり、足元にどろどろとした赤黒い液体が流れ始めたので、騎士や民たちが慌てて後退するのが見える。

どうやらケルビムの抱擁によって魔王の体が溶け出しているようで、すでに戦闘開始時の半分くらいの大きさになっていた巨躯が、さらに小さくなっていくのがわかった。

「シリル、もう少し縮んだら、異空間に封じ込められそうですか？」

「できると思います……、やります！」

「では、僕たちも向こうに行きましょう」

二人で丘の下まで駆け降り、そこにつないであった馬に二人で乗って、平原の中央へと駆け出す。

ゴーレムが消え始めたので、その足元に滑り込んで見上げると、ケルビムに抱かれた魔王は四分の一くらいの大きさになっていて、かすかにモルガンだった頃の面影が覗いていた。

魔王は完全に弱っているようだ。

「魔王の真下に召喚の道を開いてください、シリル！」

「はい！」

古文書では、魔族はどこへも行き着くことのない閉じた異空間に封じ込められていたようだが、それではまたいつかこうやって戻ってきてしまうかもしれない。それならもう、直接冥府へと送ってやるのが一番だろう。

魂送りの要領で道を作ったところで、人間の大男くらいの大きさにまで縮んだ魔王がずるりと落下してきた。

穴へと誘導し、落ちたらすぐにでも穴を塞ごうと、手のひらに魔法陣を作ったその刹那。

『う、おおおっ』

「つ、うわっ……！」

魔王が空中でぐるりと身を翻し、シリルに飛び蹴りを食らわせてくる。

弾き飛ばされて地面に倒れ込むと、魔王が間髪を入れず和真目がけて飛びかかり、体をがっしりと締めつけて身動きを封じた。

和真を間近でねめつける魔王の顔面に、モルガンの顔が浮かぶ。

『貴様……、貴様だけは、許せん！』

「くっ……」

『滅びゆく定めならば、貴様も道連れにしてやるぞ、花婿！』

「それはっ、丁重に、お断りしますっ」

和真が魔王――モルガンに言い返す。

弱ったとはいっても、モルガンの体はまだ和真の身の丈よりも大きい。力ずくで穴に引きずり込まれたら――。

「一つ言っておきますよ、モルガン殿下。僕を道連れにしても、あなたは絶対に僕には勝てません！」

『な、んだとっ？』

「だって僕は、一人じゃないんですから。あなたと違ってね！」

不敵にそう言うなり、和真がするっとモルガンの腕をすり抜ける。

唖然とした顔のモルガンが、和真に手をつかまれた次の瞬間。

『――――っ！』

モルガンの体が、まるで布切れのようにひらりと宙を舞い、そのまま冥府に続く召喚の道へと、真っ逆さまに落ちていく。

和真が投げ飛ばしたのだとようやく気づいて、シリルは懸命に穴まで這っていき、手をかざして穴の上に魔法陣を展開した。

魔族を封じ込めるために組み上げられた、強力なものだ。穴は瞬く間に塞がれ、虹色の光が柱のように空まで伸びる。

頭上で消え始めたケルビムの光のかけらが、祝福するかのように降り注ぐ。

「封印、でき、た……」

無我夢中だったが、なんとかやり遂げた。

和真がこちらにやってきて、ぎゅっと体を抱き締めてくれる。

「……やった……、シリル神官と花婿の和真が、魔王を倒したぞーっ！」

ジェラルドの叫びに応えるように、騎士や民たちが歓声を上げる。

シリルは和真の胸にすがりついて、半ば意識を失いそうになりながらもその声を聞いていた。


エルヴェ国の民と騎士、そして神官が、「狭間の世界」から再び魔族を退けた数日後、エルフの国と獣の国から、国交を結ぶための使者がやってきた。

フィルマンは彼らを丁重に迎え、もしも今後また魔族による災厄など、この世界の危機が訪れたならば、互いに協力して戦っていくこと、また使節団を送り合い、交流を深めることを約束したのだった。

書簡の暗号を解いて誰よりも早くエルフの国を訪問してきた和真も、使節団の一員として両国を訪問する予定だが、今はひとまず、エルフの国で見聞きしてきたことや例の予言の内容などを、きちんとした文書にまとめて報告するよう、フィルマンに命じられている。

「……おや、今朝は早起きですね、シリル」

離宮の離れの寝室。

窓辺に立って広い庭を眺めていたら、和真が書類とメモ書きの束を持ってやってきた。シリルは和真のほうに行き、書類を半分持ってやりながら言った。

「あれからもう二週間も経つんですよ？　私ばかりいつまでも静養してはいられないです」

「元気になってくれたなら嬉しいですよ。でも無理はしないでくださいね？　何せ幻獣を二体も召喚して、封印に普段のつとめの何百倍もの魔力を使ったんですから」

モルガンとの戦いで数百年ぶりに幻獣を召喚したリゼットとシリルは、さすがに疲労が激しく、リゼットは王宮の医師に絶対安静を言い渡され、シリルも一週間ほどアレオン邸で寝たり起きたりの生活をしていた。

その後リゼットも無事回復し、シリルと和真の婚礼の儀式の日取りも決まったのだが、すでに正式な絆を結んでいるのだから、しばし二人でハネムーンを兼ねてどこか静かなところで静養してはどうかと、リゼットが提案してくれた。

ちょうどフィルマンから和真に、ともにもうすぐ六歳を迎える双子のような王子たちの家庭教師役をつとめるよう、命令が下ったばかりだったのだが、リゼットの提案を耳にしたカミーユの厚意で、シリルと和真はしばらく例の離宮の離れに滞在させてもらうことになったのだ。

部屋の隅のデスクに書類とメモ書きを置きながら、和真が訊いてくる。

「朝食の前に、沐浴をしますか？」

「そうですね……。あ、でも、和真は報告書を書こうとしていたのでは？」

「あなたと過ごす時間より大事なことなんて何もありませんよ。さ、行きましょう」

和真が先に立って歩き出したので、シリルも書類を置いてついていく。

寝室の前の廊下を奥まで行くと、突き当たりのドアの向こうには階段があり、下の階に行けるようになっている。

下りていくと、温泉の香りが立ち上ってきた。

「こうしていつでも湯に浸かれるのは、本当にいいですね」

細い廊下を進んで外に出ると、そこには広い露天の沐浴場がしつらえられていた。

この地域はその昔湯治場として栄えていたらしく、少し掘ると今でも豊富に湯が湧き出てくる。

沐浴場は黒い石造りの浴槽と同じ黒い石でできた床、切り出した岩を磨き上げて石段にした腰かけなどでできていて、いつでも湯を溜めておけるようになっているのだ。

なんでも百五十年ほど前の国王が、若くして結婚した王妃といつまでも新鮮な気持ちで愛し合えるよう、時折二人きりで過ごすために整備したものらしい。長く使用されていなかったが、カミーユが二人のために使えるようにしてくれたのだった。

三日ほど前にここに到着し、初めてこの場所を目にした和真は、「老舗温泉旅館の露天風呂付きの離れでしっぽり」という謎の言葉を発していたが、どうやら「うつし世」にもこういう場所はあるようで、すっかり気に入っている様子だ。

シリルのほうももちろん、ここで二人きりで過ごす時間を満喫している。

二人して裸になり、腰のあたりにリネンを巻いて浴場に入ると、湯には明るい朝日が当たっていて、近くの木から小鳥のさえずりも聞こえてきた。

「湯をかけますよ」

石段に腰をかけると、和真が手桶で体に湯をかけてくれた。

少しぬるめの湯が、肌にとても心地いい。

続いて和真が石段の隅に作りつけられた棚から石鹸を取ってきて、湯をすくって泡を立て始めた。

ここに来てから毎朝こうなので、和真はすっかり慣れた様子なのだが……。

「……なんだか、すみません」

「ん？　何がです？」

「あれから二週間も経つと自分で言っておいて、こうやってまた、流れるように和真にお世話をしてもらっているなんて。ちょっとさすがにどうなんだろうと思ってしまいました……」

「はは、そんなこと。僕がしたくてしていることです。何も気にしないで？」

和真が笑って、シリルの脇に座る。

「では、体を洗っていきますね？」

「はい。ありがとうございます」

和真がシリルの手を取り、石鹸の泡で優しく撫でるように腕を洗い始める。

こうしてもらうと、ごく幼い頃の記憶がよみがえってくる。

「……そういえば、母や父と過ごした頃のことを、私はあまり覚えていないのですが、この間両親と再会して、それから和真にこうやって体を洗ってもらっているうちに、少し思い出してきたことがあるんです」

記憶をたぐるように、シリルは言った。

「両親は私の世話を乳母に任せきりにせず、二人してあれこれと面倒を見てくれていました。

事故で二人が消えてすぐの頃は、私はおばあ様じゃなくてお父様やお母様がいい、と言って泣いていて。幼かったとはいえ、おばあ様にはとても申し訳ないことを言ってしまったなと」

「シリルは、当時まだ二歳だったのでしょう？　ご両親を恋しがるのは、当然だと思いますよ？」

和真が言って、少し体の位置を変え、肩や首のあたりに手を滑らせる。

和真の手の感触の心地よさにうっとりしながら、シリルはさらに思考を巡らせた。

「私も、今ならそう思います。でも少し大きくなった私は、そういう気持ちを表に出してはいけないのだと思うようになりました。母は召喚事故を起こした張本人で、大勢の人が巻き込まれたのだから、と」

自分がしたことではないけれど、それはシリルの中にあった確かな罪悪感だ。

魔王召喚の野望があったとはいえ、モルガンがリゼットやシリルを庇護してくれなければ、その気持ちをもっと強く感じていたかもしれない。神官であることにも、誇りを持てなかったのではないかと思う。

「でも和真が、止まっていたみんなの時間を進めてくれました。あなたが来てくれたから、陛下もお心を和らげてくださったし、クレマンド殿下まで戻ってきて。みんな、和真のおかげだと思っています」

シリルの言葉に、和真がわずかに目を見開く。

「そんなふうに思っていただけるのは嬉しいですが、僕の力など微々たるものですよ。クレマンド殿下については、シリルのご両親のおかげですしね」

和真が少し考えるふうに黙って、憂うような口調で続ける。

「それに、僕はモルガン殿下をお救いすることができなかった。本当はあの方が一番、孤独を抱えておいでだったのだろうに」

和真の言葉に、シリルも少しばかり哀しい気持ちになる。

魔王を封印したのち、モルガンが所有していた私邸を調べてみると、地下に秘密の部屋があり、そこには魔族に関する書物などが大量に見つかった。

古い召喚の跡がある場所を克明に調べた形跡や、魔族召喚の「触媒」となりそうな穢れた事物の種類、召喚の道を制御不能に陥らせる方法について、何通りも考察したノートなども見つかっていて、彼が若い頃からずっと、魔王を召喚したいという思いに取りつかれていたことが明らかになったのだった。

フィルマンはそのことに大変な衝撃を受け、王族として彼の名を系図から抹消することまで考えていたようだったが、和真はそれに反対した。

もしかしたらモルガンは、半端に神官としての能力を持って生まれついたせいで、孤独な魔族崇拝者になってしまったのかもしれない。

そう考えたからだ。

リゼットからも、神官の血を引くせいで苦しんでいる人がほかにも大勢いる可能性を示唆されたフィルマンは、今後は神官や神官家の血を引く者たちをきちんと保護し、次世代の神官を安全に育成していくことを約束してくれた。

和真がこの世界にやってくるのがもっと早かったら、モルガンもあんな最期を迎えずにすんだのだろうか。

「モルガン殿下は、お寂しかったのでしょうか？」

「僕はそう思いますね。もちろん、だからといって、彼がしたことが許されるわけではないでしょうが」

「そうですね。でも、もしも神官の血を引くがゆえの苦悩を抱えていらしたのなら、少なくとも私は、そのことをちゃんと覚えておきたいと思うんです」

シリルは言って、レナを思い出しながら続けた。

「母が言っていました。命は永遠ではないけれど、魂は永遠だから、いつかまた会えると。いずれのときにか、どこかで生まれ変わったモルガン殿下にお会いできたなら、そのときは力になって差し上げたい。そう思います」

「同感です。そのときまで、僕たちは僕たちにできることをしていきましょう」

和真がうなずき、背後に回ってシリルの背中を洗う。

すると和真の手が、脇腹をなぞりながら体を抱くように前に回ってきたから、知らず声が洩れた。

「……ぁ、ん……」

泡のついた手で胸や腹を優しく撫でられると、少しくすぐったいけれど、とても心地がいい。

和真のほうに背中を傾け、そのまま彼の厚い胸にもたれかかるようにしたら、体を持ち上げるように抱き上げられて、彼の腿の上に横向きに座らされた。

左の腕でシリルの体を支えながら、右の手で石鹸をさらに泡立てて、和真が訊いてくる。

「体を洗われるの、気持ちいいですか？」

「ええ、とても」

「足のほうも、洗いましょうね」

「ん……、はい……」

和真がシリルの両脚を、手に少し圧をかけるようにしながら清めていく。

脚をもみほぐされるみたいで、これもとても気持ちがいいのだけれど。

（なんだかちょっと、ドキドキする……）

ここに来て三日間、毎日体を洗ってもらっているが、こうやって腿の上に乗せられたのは初めてだ。和真がいつもより近くて、触れ合う場所も大きいからか、彼の息づかいと体温が直に伝わってくる。

魔王を封印して以降、体の負担を考えて結び合ってはおらず、夜も寄り添って眠るだけだったからか、こうして和真の生身の肉体と直接触れ合っているだけで、なんだか心拍が速くなってしまうのだ。

温かい触れ合いの心地よさを十分に感じることができるくらい、シリルの体が回復してきたということなのだろうか。

でもなんだかだんだん、今している行為そのものが、単に体を洗っているだけではなくなってきたような気もする。

そしてそのことに、お互い気づき始めていながら黙っているような、じわじわとした気の高ぶりを感じ始める。

これは、まるで……。

（抱き合う前の、愛撫みたいだ）

シリルの足の指を一本一本、丁寧に洗い清める和真の、ややうつむいた表情からは、性的な欲望などは感じられない。

でもそこにはどこか、しいて素知らぬふりをしているかのような緊張感がある。

指の一撫で、あるいは一呼吸でも乱れたら、この場が一気に淫靡な空気に変わってしまいそうな、妙な危うさ。

そこには、今まで味わったことのない駆け引きじみた遊戯感もあって、さらに気持ちが高ぶってくる。

「……あっ……」

するりと両腿の間に手を滑らされて、思わずビクリと反応してしまう。

そうされることに、別に何も淫らなところはない。

なのにそこに和真の手の温かさを感じるだけで、危うく声を上げそうになる。

腿の内側から膝の裏まで、和真の手がそっと優しく行き来するたび、くぷ、くぷ、と石鹸が泡立つ音がして、官能を刺激されてしまうのだ。

腿の外側から双丘のふくらみのほうまで清められたら、腹の底のほうがヒクヒクし始めるのがわかった。

慌てて腹の下に目をやると、局部を覆うリネンがわずかに持ち上がっている。

シリルのものが力を持ち、頭をもたげ始めているのだ。

体を洗ってもらっているだけなのに、そこが形を変えてしまっている。

(どう、しよう?)

もはや性的な欲望が兆してしまっていることは明白で、そのことがさらにシリルの胸を高鳴らせもする。

けれど和真は、勃ち上がったものには触れてこない。そこがどうなっているのか見えているはずなのに、気づかぬふうを装っている。

そしてそうされ続けるのは、思いのほか恥ずかしいことだった。

この張り詰めた緊張の糸を、どうにか和らげることはできないか。

頬がじわじわと熱くなるのを感じながら、シリルは頼りなく和真の顔をうかがった。

すると和真が、シリルにゆっくりと目線を合わせ、笑みを見せて訊いてきた。

「……リネンの下も、洗ってほしいですか?」

「う、んっ……」

「わかりました。念入りに綺麗にしてあげましょうね」

「あ、あっ……!」

和真が石鹸の泡でぬめる手をリネンの下に差し入れて、ようやくシリルの欲望に触れてくる。

あくまで何げないふうだが、感じる場所を撫で上げられ、指で筒を作って上下に動かされたら、こちらはたまらず甘い声をこぼしてしまう。

触れてもらえたのは嬉しいけれど、これはもう、何をどう言いつくろっても体を洗うことからは逸脱している。

ここでそんなふうになるつもりはなかったし、朝日の降り注ぐ屋外で淫らなことをするなんてと、慌ててしまうけれど。

(……気持ちが、いいっ……)

仮の絆を結んで以来、和真とは何度も抱き合ってきたが、彼に触れられて気持ちがいいと感じてしまうと、もうそこからは、まともな思考は一つも働かなくなる。

ただ和真と交わりたい、彼が欲しいと欲望が募って、ほかのことは考えられなくなってしまうのだ。

一人の自立した人間として、こんなことでいいのだろうかと思わなくもなかったのだけれど、シリルの体はただ和真と結ばれることだけを望み、甘く熱く蕩けてしまう。

まして正式な絆を結んだ今では、欲情は今まで以上にふつふつとたぎってきて――――。

「和、真……っ」

「なんです？」

「そのっ……、なんだかすごく、ふしだらな、気分にっ……」

直截な言葉で欲情を伝えるのが恥ずかしくて、切れ切れに告げると、和真がまじまじとこちらを見た。そうして秘密を打ち明けるように、潜めた声で言う。

「わかりますよ。僕もそんな気分ですから」

「和真、も？」

「ええ。ほら、ここもこんなふうに」

「あ……」

リネンを巻いた腰を腿にぐっと押しつけられ、いつの間にか和真の刀身も硬くなっているのがわかった。

澄ました顔をしていたくせにと、なんだか少し恨めしく、シリルは思わず言った。

「黙っていたなんて、ひどいです！」

「ふふ、すみません。悪気はなかったんです」

和真が笑って謝り、どこか艶めいた目をして続ける。

「でも、触れ合うのもしばらくぶりですから。あまり急いで雑にはしたくなくて。ここも、ちゃんと具合を確かめないとね？」

「和っ……、あっ、あんっ」

後ろにも指を這わされ、窄まりを指でくるくると撫でられてから、中につぷんと指を差し入れられる。

そこは期待していたみたいに柔らかくて、指で開かれるだけでヒクヒクと震えた。

肉壁は愛蜜で潤み、かき回されるだけでくちゅくちゅと濡れた音が上がる。

絆を結んで子を孕める体へと変化したシリルのそこは、みずみずしい果実のように熟れ、和真の肉杭をつながれるのを待っているようだ。内奥に彼のほとばしりを浴びせられ、新しい命を宿すことを。

「あなたのここ、まるで僕を欲しがって泣いているみたいだ」

「か、ずまっ」

「実を言うと、僕も泣きそうだったんですよ」

指をもう一本沈め、肉襞を丁寧にほどきながら、和真が言う。

「エルフの国にいざなわれてあなたと離れている間も、魔王との戦いのあとから今までも、僕はあなたが恋しくてたまらなかった。離れていても心はつながっているけれど、絆を結んだ体は、いつでも相手を欲するものなのですね」

「あっ、あん、そ、こっ、だ、め……！」

和真が中の感じる場所を指でくにゅくにゅといじってくるものだから、彼の腿の上で体がビクビクと跳ねた。

絆を結んだ体がいつでも互いを欲するというのは、真実だろうと思う。

二人は互いの刻印によって、まるで召喚の道ができるようにつながれ、二人で一つの存在となったのだから。

「さあ、そろそろいいかな」

和真が後ろから指を引き抜き、桶で湯をすくってシリルの体を流す。

「部屋に戻りますか。それとも、ここで、このまま？」

「……このままが、いいです……！」

今すぐに欲しくて、ねだるように言うと、和真が二人の体からリネンを取り去った。

「ああ、綺麗だ。真っ赤になってる」

シリルの下腹の刻印を眺めて、和真がうっとりと言う。

「これを見るだけで、僕はとても幸福な気持ちになります。僕は独りじゃないんだとね」

そう言って、和真がシリルを向かい合わせに抱き上げ、腿の上をまたがらせる。

ほどけた窄まりが彼の切っ先の上あたりに来るよう、腰を浮かせたら、和真が先端を後孔に押しつけてきたので、なるべく慌てないよう、腰をゆっくりと落とした。

でも、彼の熱い昂りがずぶずぶと体内に入ってくるのを感じたら、肉筒が甘く収縮し始めて……。

「あっ……、ぁあ、あああっ……！」

いきなり腹の底で悦びが大きく爆ぜたので、ビクン、ビクンと腰が揺れた。

一瞬何が起こったのかわからなかったが、自身が熱い白蜜を吐き出し、和真の腹を濡らすのがわかり、達してしまったのだと気づく。

どうやら後ろで彼自身をのみ込んだだけで、思いがけず達ってしまったようだ。

己をきゅうきゅうと締めつけられるのがこたえるのか、和真が小さくうなって、苦笑交じりに言う。

「ふふ、なんだか熱烈な歓迎を受けてるみたいな感じだ。そんなにも、僕が欲しかったんですね？」

「和、真っ」

「僕もあなたが欲しかった。急いで雑にはしたくないと言ったけど、すみません。最初はちょっと、こらえられないかもしれないっ」

「ぁあ！　あっ、はあ、あああっ」

和真が大きな動きで中を穿ってきたから、悲鳴のような声が洩れる。

達したばかりの内筒はとても敏感で、和真が行き来するだけで視界が明滅するほどに感じさせられる。

腰を浮かせて強い刺激から逃れようとしたけれど。

「あうっ、あぁっ、そ、なっ！　あああ、ああっ」

和真がシリルの腰を大きな両手でがっちりと押さえ、最奥までズンズンと刀身を突き立ててくる。

抽挿のピッチも速く、付け根まで一息に挿入されるたび脳天まで揺さぶられ、くらくらとめまいを覚える。

まるで暴れ馬に乗せられているみたいで、どうかすると振り落とされそうだったから、和真の首にすがりついて荒々しい動きに耐えた。

いつもどちらかといえば己を律し、シリルの様子を見ながら冷静に抱いてくれていた和真が、こんなにも獰猛な雄の本能を見せ、止められないほどに求めてくる。

それが思いのほか嬉しくて、知らず笑みが浮かんでくる。

くぷくぷと水音を立てて出入りする楔に、奥の奥までこすり立てられるにつれ、また悦びが兆してきて、シリル自身の切っ先からはわずかに濁った愛蜜がたらたらとこぼれてきた。

「和、真っ、い、いっ、気持ち、ぃっ」

「僕もですよっ。あなたに、包まれて……！」

「ふ、ぁあっ！　そ、こ、ああっ、はぁあっ」

切っ先で内腔前壁の感じる場所をゴリゴリとこすられ、張り出したカリ首で奥の狭くぼんだところをなぶられて、凄絶な快感に視界がゆがむ。

この場所を見つけ出し、悦びを教えてくれたのは和真だった。

絆を結んだ今、そこはますます敏感になって、達ったばかりなのにまたすぐにでも達してしまいそうだ。さすがに少しはこらえたいと、思わず後ろを締めつけると、和真がウッとうめいて、切なげに眉根を寄せた。

どうやら和真も、いつになく感じているみたいだ。

もっと気持ちよくなってほしくて、動きに合わせて腰を跳ねさせたら、和真がたまらぬふうにああ、と声を立て、目を細めて苦しげに告げてきた。

「すみません、シリルッ。僕は、もうっ」

「いいん、ですっ。どうか、我慢しないでっ」

シリルは言って、和真の首にしがみついて肩に顔をうずめた。

「あなたの白いのが、欲しいっ。おなかにいっぱい、くださいっ！」

「シリルッ……、ああ、シリル、シリル……！」

悩ましげな声で和真が名を呼び、シリルをかき抱いてさらに動きを速める。

溶けるほどに結び合い、我を忘れるほど身を揺らして、二人で高みへと上り詰めて――。


「つ、ぁ、ああ――――」

「く、うぅっ……」

ほとんど同時に達した、喜悦の頂。

シリルの後ろが快感できゅうきゅうと収縮するたび、腹の奥にドクドクと灼熱が吐き出される。和真の胸の刻印もシリルの下腹のそれも、ともに悦びを感じているかのように熱く脈打つ。

シリルと和真の心身が、未来永劫つながっていくことを示すかのように。

「……愛して、います、和真……！」

「シリルッ……」

「この世界で、ずっと一緒に、いてくださいっ」

まるで初めて告白するようにそう言って、和真の口唇に口づける。

口唇を吸い合い、舌を絡めると、そこからも溶けていってしまいそうだった。

シリルの舌をたっぷりと味わい、口唇で何度か食んでから、和真がほう、とため息をつく。

「あなたが愛していると言ってくれて、僕がどんなに嬉しいか、言葉で伝えられたらいいのにな」

和真が言って、甘い声で続ける。

「僕ももちろん、あなたを愛していますよ。これから生まれてくるであろう僕たちの子供のことも、僕は愛するでしょう」

「子供……！」

もちろんいずれはと思っていたが、和真がもう今からそのことを考えてくれているのなら、それはとても嬉しく、ありがたいことだ。

「……そうですね。私も早く、子供に会いたいです。あなたと私の、子供に」

子は愛の結晶などともいわれる。愛する人とともに育てることは、どんなにか喜ばしく、幸福なことだろう。和真との未来を想像するだけで、心が温かくなってくる。

「シリルの願いがすぐにでも叶うように、僕も励みましょう」

「え」

「もっとたくさん、愛を交わし合うんです。何度でもね」

「……ぁ、あん、待っ、ぁ、はぁ……」

まだ欲望の形のままの雄で、和真がまたゆっくりとシリルを愛し始める。

先ほどの性急さは鳴りを潜め、つながりをじっくりと味わうような、穏やかな抽挿だ。自分たちは今、確かに愛を交わしているのだと感じて、身も心も幸福感で満ちてくる。

召喚によって遠い世界からやってきた花婿と、恋をし、愛し合って、生涯の絆を結んだ。

そしてこれからも、ずっと一緒に生きていく――。

そのことにこの上ない喜びを覚えながら、シリルは律動に身を任せていた。

END

あとがき

『社畜教師を召喚したら無自覚スパダリだった件』をお読みいただきありがとうございます。こういうタイトル、一度はつけてみたいなと思っておりました！

異世界ものはいくつか書いてきましたが、プリズム文庫さんでは初めてで、改めていろいろと勉強になりました。楽しんでいただけましたら幸いです。

挿絵を描いてくださったみずかねりょう先生。現代ものに加えて、ファンタジーのイラストも描いていただけてとても嬉しいです。凛々しい和真と麗しいシリルをありがとうございました。

担当のS様。異世界ものの用語等、調べてくださりありがとうございます。とても助かりました。世の中、本当に知らないことだらけです……。

ここまで読んでいただきありがとうございました。

またどこかでお会いできますように！

二〇二三年（令和五年）一二月　真宮藍璃

プリズム文庫をお買い上げいただきまして
ありがとうございました。
この本を読んでのご意見・ご感想を
お待ちしております!

【ファンレターのあて先】
〒153-0051 東京都目黒区上目黒1-18-6 NMビル
(株)オークラ出版 プリズム文庫編集部
『真宮藍璃先生』『みずかねりょう先生』係

プリズム文庫

社畜教師を召喚したら無自覚スパダリだった件

2024年02月05日 初版発行

著　者　真宮藍璃
発行人　長嶋うつぎ
発　行　株式会社オークラ出版
〒153-0051 東京都目黒区上目黒1-18-6 NMビル
営　業　TEL:03-3792-2411 FAX:03-3793-7048
編　集　TEL:03-3793-6756 FAX:03-5722-7626
郵便振替　00170-7-581612(加入者名:オークランド)
印　刷　中央精版印刷株式会社

Printed in JAPAN　ISBN978-4-7755-3028-3